Harald Braun

GRAUZONE

Lässig älter werden

Deutscher Taschenbuch Verlag

Von Harald Braun
sind im Deutschen Taschenbuch Verlag lieferbar:
Die Auto-Bibel (dtv 21066)
Die Reise-Bibel (dtv 21147)
Der mieseste Liebhaber der Welt (dtv 21229)

Ausführliche Informationen
über unsere Autoren und Bücher
finden Sie auf unserer Website
www.dtv.de

FSC
www.fsc.org
MIX
Papier aus verantwortungsvollen Quellen
FSC® C019821

Originalausgabe 2013

Umschlagkonzept: Balk & Brumshagen
Umschlagbild: Dieter Braun
Satz: Bernd Schumacher, Friedberg
Druck und Bindung: Druckerei C. H. Beck, Nördlingen
Gedruckt auf säurefreiem, chlorfrei gebleichtem Papier
Printed in Germany · ISBN 978-3-423-34773-0

INHALT

VORWORT

> Das größte Übel der heutigen Jugend
> besteht darin, dass man nicht mehr dazugehört.
> *Salvador Dalí*

Mein Problem ist ja nicht, dass mich das Alter eines Tages umbringt. (Wenn ich Glück habe.) Mein Problem ist, dass ich befürchte, mich schon auf meinem Weg in die ewigen Jagdgründe zu verhalten wie ein Vollidiot. Oder anders ausgedrückt: Man kann sich auf alles vorbereiten im Leben. Auf einen Beruf, auf eine Ehe, auf ein Dasein als Finanzhai, Fußballprofi oder Fliesenleger. Vollkommen allein gelassen aber wird man mit der Frage, auf welche Art man idealerweise in Würde altert und dabei nicht verkrampft. Wie man lässig bleibt, wenn man so will. Und sich auf eine Lebensphase vorbereitet, in der die wichtigsten Entscheidungen schon getroffen sind, die meisten Weichen gestellt und der eigene Körper sich auf eine Weise verändert, die man freiwillig niemals angekreuzt hätte. Dafür gibt's keinen Studiengang, keine Ausbildung, nicht mal ein halbwegs verbindliches ›Gala Men‹-Dossier, an das man sich im Zweifelsfall klammern könnte …

Ich beschäftige mich mit diesem Problem bereits seit einigen Jahren. Möglicherweise geschah es schon um meinen

40. Geburtstag herum, dass ich mich immer häufiger mit den folgenden Fragen auseinandersetzte: Ist das eigentlich deinem Alter angemessen, wie du dich kleidest, was du in deiner Freizeit treibst, welche Musik du hörst oder welches verdammte Auto du fährst? Bist das wirklich du, der sich da immer noch jeden zweiten Tag auf dem Sportplatz quält, durch exotische Länder reist und versucht, bei den Titeln von Skrillex den Unterschied zwischen Dub- und Brostep herauszuhören? Ist es nun ein Zeichen von Dummheit und fehlender Einsicht, bestimmte gesellschaftliche Phänomene noch genauso fragwürdig zu finden wie mit 18 oder doch eher der Beweis dafür, dass du dir selbst treu geblieben bist? Und ist es in Ordnung, eines dieser wippenden Skatermützchen zu tragen, obwohl die eigene Krankenkasse dich bereits in die höchste Tarifklasse überführt hat?

Oder ist das alles *möglicherweise* nur dein durchgeknalltes Über-Ich, das verzweifelt versucht, dich auch weiterhin im Lager der Jungen & Wilden zu verorten, während dein Es in Wahrheit schon versucht, sich mit einem Platz auf dem Sofa, ABC-Pflastern und Kuschelrock anzufreunden?

Man könnte das alles auch auf eine sehr einfache Frage reduzieren: Basiert mein Verhalten schlussendlich bloß auf dem lächerlichen Versuch, den Gedanken an den Tod nicht in mein Leben zu lassen? (Natürlich könnte ich das Skatermützchen auch unter modischen Schnickschnack einordnen, da es mir nun mal gefällt und außerdem meinen Kopf wärmt. Aber soooo einfach will ich es mir nicht machen – schließlich würde so ein Pepitahut ja auch funktionieren, wenn es nur darum ginge.)

Sicher, man *kann* in Würde altern und dabei lässig bleiben. Man sollte sich nur nicht auf weit verbreitete Lebensweisheiten verlassen. »Man ist nur so alt, wie man sich fühlt« zum Beispiel klingt im ersten Moment ganz vernünftig, kann aber zu fatalen Ergebnissen führen. Jeder Mensch über 40, der glaubt, er könne sich so ohne Weiteres erlauben, ein Punk-Festival zu besuchen, eine violette Trainingsjacke von Puma zu tragen oder öffentlich Skateboard zu fahren, nur *weil er sich gerade so fühlt,* riskiert es, von seiner Umwelt als *irgendwie* tragische Figur wahrgenommen zu werden. So wie ein Zirkusäffchen auf dem Marktplatz – irgendwie putzig, sehr unterhaltsam, aber auch: bemitleidenswert. Das muss man aushalten können, wenn man vom Großteil der Menschen, die sich gerade um einen herum gruppieren, wie ein Aussätziger angesehen wird. Es gibt eine verräterische Statistik – wenn Sie über 30 sind und mutig, dann können Sie ja selbst mal danach googeln. Sie besagt, dass sich der männliche Deutsche im Schnitt 8,4 Jahre jünger fühlt, als er laut Personalausweis wirklich ist. (Frauen schätzen sich da deutlich, nämlich etwa 4 Jahre, realistischer ein, das behauptet jedenfalls eine Studie der Max-Planck-Stiftung.) Das heißt, dass viele junge Leute jeden Tag mit älteren Menschen – Vorbildern! – konfrontiert werden, die offenbar nicht mit sich und ihrer Existenz im Reinen sind. Ich bin nicht klug genug, um beurteilen zu können, was das mit ihrem Menschenbild anstellt. Ich ahne allerdings, dass diese Unwucht zwischen dem gefühlten Alter und dem im Stammbuch festgeschriebenen Geburtstag den Menschen seit langer Zeit umtreibt. Schon Schopenhauer schrieb 1851:

»Die ersten 40 Jahre unseres Lebens liefern den Text, die folgenden 30 Jahre sind der Kommentar dazu.« Nicht jeder Mann ist offenbar bereit, das zu akzeptieren. Ich habe im Gegenteil den Eindruck, dass diese Erkenntnis mit den Jahren immer unpopulärer geworden ist.

Ich habe mich auch schon oft gefragt: Warum wollen gerade so viele Männer nicht wahrhaben, dass ihre Jugend vorbei ist? Warum können sie sich nicht lässig zurücklehnen, ein gutes Buch lesen, Weinkenner werden, Golf spielen und anfangen, Bayern München wenigstens etwas Respekt zu zollen? Und warum zum Teufel wollen viele Männer nicht aufhören, den Frauen hinterherzuschauen? Okay, ich formuliere das anders: Warum belassen sie es nicht wenigstens dabei, leise zu seufzen, *wenn* sie schon schauen müssen. Das hätte immerhin ein *wenig* Klasse. Die Realität sieht leider anders aus. Mittelalte Politiker mit Reihenhaus und Border Collie bändeln mit 16-Jährigen an, die sie in einem *social network* kennengelernt haben (»Es war Liebe!«). Ergraute Schauspieler feiern ihren sechsten Frühling mit aufgespritzten It-Girls und finden sich abwechselnd auf den Klatschseiten der Boulevard-Postillen und beim Schuldenberater wieder, weil sie ihre dritte Scheidung nicht mehr bezahlen können. Millionenschwere Silberrücken werfen sich beim Promi-Boxen in Schale, um den Nachwuchsmoderatorinnen von RTL 2 in der ersten Reihe am Ring zu imponieren.

Schön ist das alles nicht. Es wirkt sogar ein wenig verzweifelt, wenn Sie mich fragen. Was ist dagegen einzuwenden, mit 50 das Rollerbladen, mit 60 das Squashspiel aufzugeben und sich mit 65 schließlich nur noch auf dem Golfplatz zu vergnügen, es gibt schließlich Leute, die glaubwürdig versichern: Doch, das ist auch Sport! Natürlich kostet es ein wenig Überwindung, sich öffentlich gerade zu machen und zu erklären: »Ich trete jetzt mal etwas kürzer.« Oder gar: »Manchmal verstehe ich diese jungen Leute einfach nicht mehr!« Das ist meistens klüger, als um jeden Preis weiter zu ihnen gehören zu wollen. Denn das tut man nicht. Auch wenn man, wie der über 50-jährige Rainald Goetz, den mit 30 000 Euro dotierten Berliner Literaturpreis mit einer schon fast ehrenrührigen Begründung erhält: Der »unbedingte Wille zur Zeitgenossenschaft« sei in seinem Werk stark erkennbar. Okay, »Techno«-Chronist Goetz kann sicher nichts für diesen Satz, aber er verdeutlicht, was viele Menschen – und offenbar auch die Jury des Berliner Literaturpreises – erstrebenswert finden: noch mitzumischen, nicht abgemeldet zu sein, jung und vorn dabeizubleiben, koste es, was es wolle.

Die, wie ich finde, ziemlich verräterische Jurybegründung von Berlin war es auch, die mich indirekt angetrieben hat, mit diesem Buch zu beginnen. Ich frage mich schließlich selbst häufig, ob es auch bei mir so eine Art unterbewusster »Wille zur Zeitgenossenschaft« ist, der mein Leben bestimmt. (Oder ganz simpel bloß ein unseliger Hang, ständig diskussionswürdige soziale, ästhetische oder kulturelle Entscheidungen zu treffen?) Diese ungeklärte Frage und natürlich meine ausgeprägte Vorliebe für die üble Nachrede sind verantwortlich dafür, dass Sie dieses Buch nun in der Hand halten und waghalsige Mutmaßungen darüber lesen können, wie lange Männer Porsche fahren oder rosa Jacketts tragen sollten und warum es nicht immer eine gute Idee ist, wenn sich Frauen neue Brüste machen lassen. Sie werden apodiktische Sätze lesen und einige anmaßende Bemerkungen ertragen müssen, möglicherweise werden Sie bei dem einen oder anderen Kapitel auch maulig widersprechen wollen. Das ist okay. Am Ende wird schließlich jeder nach seiner Fasson *reifer*, und ich werde es sicher nicht sein, der das ernsthaft in Abrede stellen möchte. Aber vielleicht gefällt Ihnen ja hin und wieder die Perspektive, die dieser Text auf die Phänomenologie des älteren Menschen (meistens des Herrn) einnimmt. Und für mich persönlich erhoffe ich mir, dass in Zukunft wenigstens diese eine Frage flachfällt, mit der man mich nun schon seit rund 20 Jahren verunsichert: »Sach' ma, findest du nicht, dass du dafür ein *bisschen* zu alt bist?«

ERSTE ZEICHEN

Schwer zu sagen, wann genau dieses Alter eintritt, bei dem sicher ist: Die Jugend ist vorbei. Besser, man erkennt die Signale.

Hat einer dreißig Jahr vorüber,
so ist er schon so gut wie tot.
Johann Wolfgang von Goethe

Ich weiß noch genau, dass ich diese Bemerkung als junger, wirklich *junger* Mensch zum ersten Mal wahrnahm. Allerdings verstand ich nicht, was mir die Autorin damit eigentlich sagen wollte: *Eine spöttische Parodie unserer früheren Existenz*, nicht viel mehr sei *das Alter*. Das behauptete Simone de Beauvoir, die ich in meinen frühen Tagen als Student schätzte – wenn auch hauptsächlich als radikalen Sidekick des allseits verehrten Schriftstellers und Philosophen Jean-Paul Sartre. Von Simone de Beauvoir wusste ich, dass sie eine kühne Feministin und Verfechterin der offenen Zweierbeziehung war, das reichte mir damals, um sie in die Reihen meiner theoretischen Schrittmacher einzugliedern. Dass sie auch einen telefonbuchdicken Essay über ›Das Alter‹ geschrieben hatte, nahm ich zwar marginal wahr, doch ich beschäftigte mich damals nicht intensiver damit: viel zu abseitig. Was hatte ich denn mit dem Alter zu tun? Ich war zwanzig! Das Bonmot von der »spöttischen Parodie unserer früheren Existenz« allerdings, das blieb haften. Und je älter ich wurde, umso mehr drängte sich der Gedanke auf: Simone de Beauvoir könnte recht gehabt haben. Einmal mehr.

Es ist schwer, den Zeitpunkt genau zu bestimmen. Ab wann wechselt man die Seiten, wird von einem aufstrebenden jungen Menschen, der sich nach Kräften probiert und dabei gern auch mal lächerlich macht, zu einem reifen Erwachsenen mit gesetzten Manieren? Ab wann ist es nicht mehr angemessen, seine Lebenszeit im Schatten einer Universität und der anliegenden Kneipen zu verjuxen, sorglos durch die Welt zu reisen und nicht zu wissen, wie man eine Krawatte bindet? Ist es tatsächlich der Moment, in dem ein Mensch, dem man vertraut, ohne bösen Hintergedanken diese eine tückische Frage stellt: »Bist du dafür nicht etwas zu alt?« Oder ist es vielleicht der plötzliche Impuls, ernsthaft über einen Bausparvertrag, den Kauf eines Opel Omega oder über wirksame Maßnahmen zur Altersversorgung nachzudenken? Oder ist es ganz lapidar genau der Tag, an dem die (erste) magische Schwelle überschritten und man 30 Jahre alt wird!?

Sie kennen doch sicher diesen Slogan, der in der 68er-Studentenbewegung zum mantragleichen Abgrenzungsbekenntnis der jüngeren Generation reifte: »Trau keinem über 30!« Beliebter war damals nur noch: »Wer zweimal mit derselben pennt, gehört schon zum Establishment« – wenn auch vermutlich aus eher hedonistischen Beweggründen. Im Prinzip gilt die Warnung vor den über 30-Jährigen immer noch, möglicherweise leicht modifiziert: Reden wir also von mir aus über 35-Jährige, vielleicht sogar 40-Jährige. An dieser Schwelle aber ist definitiv die Grenze: Wenngleich sich die historischen Eckdaten verändert haben und niemand aus der aktuellen »jungen Generation« die eigenen Mütter und Väter für den Holocaust und Hitler zur Rede stellen dürfte, so ist doch auch heute noch jeder 18-Jährige davon überzeugt, dass seine Eltern nicht als perfektes Rollenmodell für *sein* Leben und *seinen* Wertekanon in Frage kommen. Jede Generation lebt ihre eigenen Lebenslügen und es ist halt der Job ihrer Kinder, diese auch schonungslos offenzulegen.

An meinen 30. Geburtstag kann ich mich noch gut erinnern. Ich erfinde das nicht, weil es so gut zum Thema passt, nein, es ist die Wahrheit: Ich verbrachte ihn mit jungen Frauen in einem Etablissement im Münchener Vorort Unterföhring, einer sogenannten Eventlocation namens Theaterfabrik. Damals wurde ich von einigen Mädchen begleitet, die ich im Rahmen eines »Model-Contests« meines damaligen Arbeitgebers kennengelernt hatte, ich war der betreuende Redakteur. Der Geschichte im Heft, nicht der Mädchen. Der Kontakt zu den hübschen Nachwuchs-Models war das willkommene Abfallprodukt dieses Auftrags, aber ich möchte betonen: Es sind die einzigen Models, mit denen ich im Laufe meiner nun fast 30-jährigen »Karriere« als Journalist näher bekannt wurde – nicht, dass Sie ein falsches Bild von meinem Beruf bekommen.

Seitdem weiß ich, dass das Vorurteil, bei Fotomodellen würde es sich in der Mehrzahl um schwach belichtete Magersüchtige handeln, selten zutrifft. Zu einigen der Mädchen von damals habe ich immer noch lockeren Kontakt, und aus ihnen sind in der Mehrzahl erstaunliche Persönlichkeiten geworden: Ärztinnen und Personal Coaches, Fotografinnen und international gefragte Modelle, die nebenher noch eine Familie managen oder eigene Sportstudios eröffneten. Eine von ihnen, die Jüngste und Smarteste, wurde eine sehr bekannte Schauspielerin in Deutschland – eine von denen, für die man sich nicht schämen muss. Warum ich das erzähle? Nun – es war mein dreißigster Geburtstag, den ich mit diesen durchschnittlich 10 Jahre jüngeren Mädchen verbrachte. Der Tag also, an dem die 68er den berühmten Strich zogen und an dem ich offiziell ins Lager derer wechselte, denen man nicht mehr *trauen* konnte.

Fühlte ich mich damals so, dachte ich ernsthaft drüber nach, ob man mit dieser Kategorisierung auch mich gemeint haben könnte? Nein, überhaupt nicht. Sie vermuten ganz richtig, dass ich mir an diesem Tag in der Unterföhringer Theaterfabrik keineswegs erwachsen vorkam, nicht mal so ein kleines bisschen. Im Gegenteil. Ich *arbeitete* seit einigen Monaten als Redakteur eines Magazins, dessen Zielgruppe unser amerikanischer Verleger als »junge Millionärstöchter und deren Freundinnen« bezeichnete, und trieb mich hauptsächlich in Läden herum, die »Wunderbar« oder »Park Café« hießen. Ich hockte um 11 Uhr morgens in dunklen Kinos, um mir Pressevorführungen von Schwarzenegger- oder Luc-Besson-Filmen anzusehen und war heimlich in die Rainbirds-Sängerin Katharina Franck verliebt, was gleich aus mehreren Gründen eine hoffnungslose Angelegenheit war. Ich führte – und da machte ich mir auch nichts vor – das Leben eines sorg- und verantwortungslosen Pubertisten, und dazu passte, dass ich meinen 30. Geburtstag betrunken mit ein paar späten Teenagern verbrachte – wenn auch ziemlich hübschen. Ich fühlte mich keineswegs fehl am Platze unter ihnen, für mich waren wir ein Haufen von fröhlichen jungen Menschen, die sich gemeinsam am Schaumwein erfreuten. Ich meine mich sogar zu erinnern, dass ich nicht *alle* Drinks bezahlte – aber das kann auch mein Stolz sein, der mich nach so langer Zeit vor ein paar peinlichen Erkenntnissen schützt.

Sicher aber ist: Mein Leben zu dieser Zeit unterschied sich so sehr von dem, was ich aus meiner damaligen Perspektive als bürgerliches Erwachsenenleben definiert hätte, wie, sagen wir, ein Clown auf einem Kindergeburtstag von einem Bischof an Fronleichnam. (Äußerlich also gar nicht so besonders, aber wenn man mal etwas genauer hinschaute ...)

Nur so zum Vergleich: Mit 30 war mein Vater bereits seit 12 Jahren in seinem Beruf aktiv, seit sechs Jahren verheiratet und ernährte eine Familie mit drei Kindern. Ich hingegen war nicht mal sicher, ob Filme gucken und mit Musikern über ihre aktuellen Exzesse sprechen überhaupt ein richtiger Beruf *war*, und meine Hauptsorge zu dieser Zeit drehte sich um die Frage, ob es 1860 München jemals schaffen würde, wieder aus der Bayern-Liga aufzusteigen.

Heute, so bummelig 20 Jahre später, sollte ich mich wohl

dafür schämen, dass ich mich mit 30 Jahren immer noch wie ein Primaner verhielt. Aber ich habe eine gute Entschuldigung dafür: Die anderen haben es auch alle getan! Oder, um es mit Claudius Seidl zu sagen, der in seinem Beweisbuch ›Schöne junge Welt – Warum wir nicht mehr älter werden‹ schrieb: »Jungsein, das ist heute eine Möglichkeit, die anscheinend jedem offensteht, ganz egal, wie alt er ist.«

Warum ist das so, was hat sich in den letzten Jahrzehnten geändert? Warum will niemand mehr erwachsen werden, was beschert uns allen die Illusion ewiger Pubertät? Eine Antwort auf diese Frage klingt simpel: Wir haben halt Zeit!

Die Lebenserwartung des Menschen ist im Laufe der letzten Jahrzehnte deutlich gestiegen. Wer im Jahr 1900 geboren wurde, hatte als Frau durchschnittlich 48,7 Jahre und als Mann 46,6 Jahre vor sich, gut hundert Jahre später sieht das schon deutlich besser aus: Frauen, die 2010 geboren wurden, blicken munter auf durchschnittlich 82,6 Jahre Zukunft, Männer dürfen sich immerhin noch auf 77,4 fröhliche Jahre freuen. (Es kursieren im Netz einige unterschiedliche Zahlen, was die aktuelle Lebenserwartung betrifft, diese hier stammen aus der unsicheren Quelle Wikipedia. Aber mehr oder minder sagen die Zahlen mit leichten Abweichungen alle dasselbe: Wir werden immer älter. Sehr viel älter.) Die Gründe für diese immense Verlängerung der Lebenszeit liegen auf der Hand: Eine qualitativ immer hochwertigere medizinische Versorgung, höhere Bildung, wesentlich gesündere Arbeitsbedingungen und eine bewusste Ernährung haben dafür gesorgt, dass sich heute mit 25 Jahren niemand mehr Gedanken darüber machen muss, was er mit seinen verbleibenden 20 oder 30 Jahren Lebenszeit anfängt. Bei solchen Voraussetzungen muss man sich mit dem Ernst des Lebens nicht mehr so beeilen. Die Zukunft liegt wie ein langer, ruhiger Fluss scheinbar endlos vor einem. Spürbar wird dieser abstrakte Sachverhalt, wenn man die fruchtbarsten Schaffensperioden unserer Vorfahren unter die Lupe nimmt: Mit 31 Jahren schrieb Beethoven die ›Mondscheinsonate‹, bald darauf wurde er mehr und mehr taub und fortan weit weniger produktiv. Auch Schiller erkrankte schon früh, mit 32, an Tuberkulose und hatte zu diesem Zeitpunkt seine wichtigsten Arbeiten bereits verfasst. Karl Marx amtierte mit 24 Jahren – zu diesem Zeitpunkt bereits promoviert – als Chefredakteur der Kölner ›Rheinischen Zeitung‹. Und Frauen, die mit 25 Jahren noch unverheiratet waren, galten anno dunnemals als alte Jungfern.

Wer heute schon mit 25 Jahren heiratet, muss sich von seinen Leuten kopfschüttelnd fragen lassen, ob er sich denn tatsächlich reif genug fühle. Ich habe mich das übrigens auch gefragt, bevor ich heiratete. Da war ich allerdings schon 36. Und es zeigte sich, dass ich keinesfalls bereit war für diesen Schritt ins Erwachsenenleben mit all seinen Anforderungen und anstrengenden Begleiterscheinungen: Eine gewisse Berechenbarkeit zum Beispiel, eine altruistische Abkehr vom eigenen Spaßbedürfnis oder die Gründung einer eigenen Familie.

Ich las stattdessen weiter ›Tempo‹, ein postmodernes Spaßblatt, das sich mit gedrechselter Sprache und kennerhaftem Habitus um juvenile Hedonisten wie mich bemühte. Mit Titelgeschichten wie jener, an die ich mich sehr gut erinnere, weil sie mir aus dem Herzen sprach: »Eine Familie haben und lässig bleiben …« Die Stoßrichtung einer solchen Story entsprach so ziemlich genau dem, was unsereiner in den achtziger und neunziger Jahren interessierte. Niemand von uns wollte im Prinzip darauf verzichten, ein wenig älter und reifer zu werden, das barg ja auch gewisse Vorteile. Wir wollten zum Beispiel keineswegs missen, Chefs zu werden, hohe Gehälter zu verlangen und Anzüge zu tragen. Wir wollten dabei nur nicht so autoritär und so verdammt langweilig rüberkommen wie die Generationen vor uns. Ernsthaftigkeit und Verbindlichkeit wurden so zu unseren Feinden, Kontinuität und Disziplin zu verächtlichen Sekundärtugenden. Worin solch eine Haltung in der Regel mündete, ist bekannt: Aus vielen von uns wurden verantwortungslose Entscheidungsschwache in gut sitzenden Helmut-Lang-Anzügen, die sich an den Wochenenden notgedrungen durch den Dschungel ihrer Patchworkfamilien schlagen. Ratlos Verzagte, die immer eine Möglichkeit zu viel haben, um auch nur für einen Moment zur Ruhe zu kommen. Lässig wirkt eigentlich recht wenig an unserer Generation, im Gegenteil. Es ist ihr anzumerken, dass sie in eine Daseinsform geschlittert ist, für die sie um rund 10 bis 15 Jahre zu alt zu sein scheint. Manchmal wirkt sie erschöpft und überfordert. Das rührt daher, dass sie sich zwar immer noch am liebsten wie ein 25-jähriger Student kleidet und auch gerne das hektische, unstete Sozialverhalten des jungen Menschen an den Tag legt. Das täuscht aber alles nicht darüber hinweg, dass sich diese Generation mit einem Körper abfinden muss, der schon ein paar Jährchen mehr auf dem Buckel hat, als ihre Garderobe glauben machen möchte. Möglicherweise wirken viele von uns auch deshalb so erschöpft, weil sie immer öfter tatsächlich erschöpft *sind*. Jung sein mag ja eine Menge Spaß machen, aber jung *bleiben* bedeutet harte Arbeit. Vor allem mit morschen, müden Knochen.

DIE (WAHRE) REIFEPRÜFUNG

Die richtige Musik zu hören und die Magazine der Eingeweihten zu lesen, bildeten die Eckpfeiler der eigenen Existenz. Bis sie ausgewechselt wurden durch das, was man das richtige Leben nennt …

Wir sind jetzt erwachsen. Wie konnte das geschehen?
Und wie können wir es aufhalten?
Meredith in ›Grey's Anatomy‹

Nick Hornby ist ein englischer Schriftsteller und Fan von Arsenal London. Viele Fußballfreunde verehren ihn, weil er ihnen ein geistreich geschriebenes Alibi verschafft hat. In ›Fever Pitch‹ behauptet er, man dürfe seine Freundin im Stadion in Ohnmacht fallen lassen und sich trotzdem weiter auf das Spiel konzentrieren, denn es handle sich schließlich um Fußball – dagegen sei der Rest der Welt vollkommen zu Recht macht- und bedeutungslos. Ich erwähne es an dieser Stelle bloß, weil es zeigt, dass Nick Hornby ein berühmter Protagonist einer Haltung ist, die sich noch halbwegs wertfrei als »Peter-Pan-Syndrom« umreißen ließe. Die aber von weniger wohlwollenden Menschen auch gern als »berufsjugendliche« Charakterschwäche gebrandmarkt wird. Ich will das in diesem Abschnitt gar nicht weiter kommentieren. Auf den Fußball und seinen Einfluss auf den Reifegrad erwachsener Männer werde ich an anderer Stelle noch ausführlich zu sprechen kommen. Bei Nick Hornby aber bleiben wir erst einmal, denn er hat neben dem Fußball auch noch eine andere Leidenschaft, die Musik. In ›High Fidelity‹, seinem womöglich zweitbekanntesten Werk, macht sich Hornby eine Menge störrische Gedanken über den Unterschied von Compact Discs und Vinylplatten. Natürlich ist er ein Liebhaber der alten Schule und weigert sich beharrlich, den seelenlosen Silberscheiben eine Chance zu geben. Schallplatten und Musiker helfen ihm, die Welt in Gut und Böse einzuteilen. Wer nicht wenigstens 500 Platten in einer exquisiten Sammlung zusammengetragen hat, ist in seinen Augen kein ernsthafter Mensch, mit dem sich gesellschaftlicher Verkehr lohnen würde. Und selbst die attraktivste Frau hätte keine Chance, in sein Schlafgemach eingeladen zu werden, wenn in ihrem Musikschrank nur Kuschelrock- oder Tophit-Alben verstauben.

Ich beglückwünsche Sie, wenn Sie nicht einmal wissen, wovon hier gerade die Rede ist. Doch ich vermute, dass Sie in diesem Fall zu einer Minderheit gehören. Die meisten Jungs, die ich kenne, dürften stattdessen in diesem Moment wissend nicken, denn sie haben ihre Sozialisation genauso erlebt wie ich. Wir sind aufgewachsen im festen Glauben, dass die Wahl der richtigen Musik uns zu besseren Menschen macht, uns eingliedert in den Kreis der Eingeweihten, Smarten und Auserwählten. Die richtige Musik zu hören verschaffte uns einen sicheren Platz in der Hierarchie der eigenen Peergroup und kanalisierte so ganz nebenbei noch den Wunsch nach einer deutlichen Abgrenzung vom Elternhaus und dessen Werten. Sie befeuerte den Drang, pubertäre Energie abzubauen und förderte unseren intuitiven rebellischen Impetus, den die Jugend traditionell einem »repressiven System« beinahe reflexartig entgegenschleudert, in dem wir alle, alle leben mussten. (Und als repressiv konnte in diesem Alter schon der Umstand empfunden werden, dass die Teeküche im Jugendheim um 22 Uhr ihre Pforten schloss.)

Ist ja auch nichts gegen einzuwenden: Wer zur Identitätsfindung auf Rock setzte statt auf Religion oder lieber Anhänger einer Retropunkband statt Mitglied in der Jugendorganisation der SPD wurde, darf jederzeit auf mein beifälliges Verständnis bauen. Irgendwann allerdings hört das Bekenntnis zu einer Musikrichtung, zu einer Band oder einem bestimmten Künstler auf, noch sonderlich viel zur Selbstfindung beizutragen. Das ist in der Regel der Moment, in dem sich der junge Erwachsene dem »wahren« Leben zuwendet, dem Beruf, der eigenen Familie und seinem Stellenwert in dem System, das er bislang mit misstrauischem Groll bekämpft hat. Seine Liebe zur Musik wird Schicht für Schicht überbaut von den alltäglichen Anforderungen des Echtlebens; zwar würde er sich nach wie vor als Musikliebhaber bezeichnen, aber faktisch hört er meistens bloß noch eines der Formatradios im Auto und die alten Platten beim Frühstück, bis er seine Favoriten irgendwann in einer Chartshow eines Privatsenders wiedertrifft – oder in Todesanzeigen.

Ich verurteile das nicht, es ist der normale Lauf der Dinge. Mit 20 mag das Leben sich noch um Neuveröffentlichungen von Alben, um Konzerte und Clubnächte drehen, aber wer das mit 40 oder 50 noch immer mit der gleichen Inbrunst lebt, hängt entweder in einer erratischen Zeitschleife oder schreibt für den ›Rolling Stone‹.

Es gibt allerdings zwei Gruppen von Menschen, für die diese beinahe zwangsläufige Entwicklung ein reales Problem darstellt. Da wären in erster Linie diese ganzen Rock'n'Roll-Idole selbst. Die Musikanten, die einst, jung und angesagt, von einer großen Fangemeinde für ihre Auflehnung gegen das Establishment gefeiert wurden und die sich nun plötzlich durch Geld, Privilegien und ihr schlichtes Lebensalter in die Reihen derer einordnen, die sie offiziell bislang immer bekämpft haben: Sie *sind* das Establishment – und ihre rebellische Pose bloß noch alberne Selbstreferenz. (Natürlich gibt es Ausnahmen.) Zu dieser Gruppe von alternden Rockstars, die es verpasst haben, in Würde abzutreten oder dem Zeitgeist zu trotzen, komme ich im folgenden Kapitel.

Vorher aber geht es um den ewigen Fan, um Menschen, die nur schwer loslassen können, die sich auf Festivals schleppen, für die sie zu alt sind; die in Kellerkonzerten abhängen, die ihnen zu laut sind; die sich in einer Szene bewegen, in der sie zwangsläufig zu Außenseitern geworden sind. Für Menschen eben, die Nick Hornby in seinem Buch ›High Fidelity‹ lange über die Frage nachdenken lässt, ob es wirklich, *wirklich* okay ist, sich mit Personen zu treffen, die Tina Turner hören. Reden wir nicht lange drumherum: Es geht um Menschen wie mich.

Stellen Sie sich vor, Sie erscheinen im Osterhasenoutfit auf einer Kostümparty und freuen sich auf eine amüsante Partynacht. Sie stehen schon fast auf der Tanzfläche inmitten des Geschehens, da bemerken Sie es: Ooops. Sie sind ja der *einzige* Osterhase hier?! Und nicht nur das: Sie sind überhaupt der einzige Mensch im ganzen Saal, der sich verkleidet hat. Innerhalb von Sekunden fühlen Sie sich wie ein Wurstbrot. Und dieses Gefühl bleibt den ganzen Abend lang. Sie sind zu stolz, um gleich wieder nach Hause zu gehen, Sie kämpfen, aber Sie haben weniger Spaß als Nina Hagen auf dem Kirchentag. Ein Albtraum.

Ich habe ihn erlebt, diesen Albtraum, auch wenn ich kein Osterhasenkostüm trug. Es war im Winter 2004, im Molotow auf St. Pauli. Das Molotow ist ein Liveclub mit Platz für etwa 300 Gäste. Aber das trifft es nicht ganz, denn in Wahrheit reden wir hier über nicht viel mehr als einen ranzigen Keller, in dem entweder (noch) halb bekannte Bands spielen oder kantige Rock-DJs Menschen auf der Tanzfläche glücklich machen, für die Pop ein Schimpfwort ist. Ich war schon vor diesem Abend einige Male im Molotow gewesen. So dachte ich mir nicht viel dabei, als ich wie üblich die Treppe hinabstieg, um mit einer Freundin das Konzert von Angelika Express anzusehen. Wer diese Combo aus dem Kölner Umfeld nicht kennt: Sie machte damals eine Art Punk light mit deutschen Texten, nicht schlecht, aber auch nicht bemerkenswert großartig. Als ich mir schließlich irgendwo zwischen fünfter und siebter Reihe einen Platz gesucht und Zeit hatte, mich ein wenig umzuschauen, erschrak ich. Um mich herum sah ich nur junge Leute. *Richtig* junge Leute. Kinder!

»Haben Schüler heute freien Eintritt?«, fragte ich meine Begleiterin vermeintlich amüsiert – sie ist 12 Jahre jünger als ich, worüber ich mir bis dahin aber noch nie Gedanken gemacht hatte –, doch sie schaute mich nur erstaunt an. »Nö, wieso?« Das war das zweite Mal binnen weniger Sekunden, dass ich zusammenzuckte. Offenbar fand sich meine Begleitung im Molotow ganz okay an diesem Abend, während ich mich in diesem barmherzig-dunklen Keller plötzlich völlig fehl am Platze fühlte. Es war ein unangenehmes Gefühl, so als ob ich mich als ungeladener Gast auf einer privaten Party eingeschlichen hätte. Von diesem Moment an ließ ich mich keine Sekunde mehr aus den Augen. Es war, als kreiste eine Kamera über meinem Kopf, die mich und meine unmittelbare Umgebung ständig in Hochauflösung aufs Korn nahm. Ihre Bilder zeigten einen beinahe 44-jährigen Typen in G-Star-Cargo, mit Nike-Sneakers und einer blauen Retro-Trainingsjacke aus dem Hause Hummel neben 20-jährigen Girlies mit Spängchen im Haar und ihren Freunden; Typen mit Spitzbärten, die zwar genau wie ich Sneakers und Trainingsjacke trugen und lässig zur Musik in den Knien wippten, aber dabei im Gegensatz zu mir keineswegs so wirkten, als seien sie auf einen Kostümball geladen. Sah ich wirklich soooo albern aus, so peinlich auf jung getrimmt? Schauten mich die Umstehenden *wirklich* so komisch an, als sei ich entweder ein mies getarnter Undercover-Cop von der Drogenfahndung oder der örtliche Delegierte des Jugendamtes? Oder bildete ich mir das alles nur ein und das belustigte Lächeln der etwa 13-Jährigen vor mir galt tatsächlich nicht mir, sondern einem ganz anderen Konzertbesucher? Oder galt zwar mir, war aber freundlich gemeint? Fragen, so viele Fragen ...

Inzwischen hatten Angelika Express mit dem Konzert begonnen. Sie hätten aber auch auf der Bühne Mau-Mau spielen oder sich gegenseitig an den Nasen zupfen können – ich hätte nichts davon wirklich registriert. Mich beschäftigte an diesem Abend nur noch eins: War jetzt der Zeitpunkt erreicht, an dem ich an so einem Ort wie dem Molotow einfach nicht mehr willkommen war? Hatte ich irgendwann in den letzten Jahren den Schuss nicht gehört und war inzwischen zu einer dieser bemitleidenswerten Gestalten geworden, die einfach nicht loslassen können? Ich weiß noch, dass ich in diesem Keller auf St. Pauli defensiv geschätzt rund 15 Minuten nach einem anderen Konzertbesucher suchte, der auch nur annähernd in meinem Alter gewesen wäre. Alles, was ich entdeckte, waren ein paar Jungs, die möglicherweise ihren 30. Geburtstag schon hinter sich hatten. Sicher war ich da aber nicht.

Ich verließ das Konzert von Angelika Express an diesem Abend noch vor der Zugabe, ich nehme an, es hat eine gegeben. Ich flüchtete in die Amphore Bar am Hafen, von der ich wusste, dass sie Menschen wie mich aufnimmt, ohne nach dem Personalausweis zu fragen. Ich bestellte viele Getränke und hing trüben Gedanken nach: Wie konnte das, was gestern noch ganz normal und folgerichtig gewesen war, heute schon so furchtbar falsch sein? Und woran hätte ich die Signale rechtzeitig erkennen können?

Ich gehörte schließlich auch zu diesen Jungs, die schon mit 13 anfingen, Vinylplatten zu sammeln, als ob's kein

Morgen gäbe. Ich hing in einem verqualmten Plattenladen namens Amsterdam Record Shop herum, um LPs und guten Geschmack für 7,99 DM abzustauben. Ich ließ mir den 2001-Katalog zuschicken und investierte mein Taschengeld in die absurd teure Schwarzpressung einer Gruppe namens Epitaph. Ich begann, Konzerte zu besuchen: Herman Brood, Grobschnitt, Schroeders Roadshow – alles und jeder war mir recht, der auch nur in der Nähe meiner Heimatstadt vorbeischaute. Ich sah Genesis in Maastricht (ohne Peter Gabriel), kiffte beim »Pinkpop«-Festival in Geleen und rutschte vor U2, UB40 und JAM im Schlamm herum. Meine Liebe zur Musik nahm auch mit fortschreitendem Alter nicht spürbar ab, ich sah Gentle Giant in London, die Talking Heads in Roskilde und REM in München. Im Hamburger Stadtpark erlebte ich Jamiroquai auf der Bühne und in Scheeßel Blumfeld und Blur. Mit sinkender Frequenz, aber durchaus noch regelmäßig, war ich im Docks oder in der Großen Freiheit anzutreffen, um deutsche Nachwuchshoffnungen anzuhören, ich blätterte weiter (wenn auch zunehmend verständnisloser) in der ›Spex‹. Und jetzt sollte ich plötzlich nicht mal mehr Angelika Express im Molotow ansehen können, ohne mich unwohl zu fühlen? Wie konnte das passieren?

Natürlich hätte ich dieses Gefühl einfach ignorieren können. Schließlich bin ich erwachsen und nicht darauf angewiesen, dass mir meine Umwelt grünes Licht gibt, um weiterhin zu tun, was ich möchte. Theoretisch ist die Sache doch auch ganz einfach: Wenn ich wirklich Lust darauf hätte, mir Boy im Hamburger Stadtpark anzuhören oder mich bei Santigold im Übel & Gefährlich sehen zu lassen, dann würde mich auch niemand davon abhalten können. Doch seit diesem Tag im Winter 2004 im Molotow denke ich zweimal (oder mehr) darüber nach, ob ich bei so einem Konzert *wirklich* dabei sein muss. Oder ob ich da nicht eher einer nicht mehr zeitgemäßen Version meiner selbst hinterherhechle, die an allem, was neu und hip war, tatsächlich mal ein gewisses Interesse hegte.

Wenn ich ehrlich bin, ist diese intrinsische Neugier auf diese ganzen neuen Bands, die unablässig wie Kai aus der Kiste aufploppen, ohnehin längst einer lauwarmen Indifferenz gewichen. Klar, es kommt durchaus noch vor, dass ich eine Band wahrnehme und ein neues Album tagelang höre. Aber mein Leben stellt das schon lange nicht mehr auf den Kopf. Wenn es gerade passt, lade ich mir ein paar Stücke aus dem Internet runter oder erwäge einen Konzertbesuch, das ja. (Selten genug, dass daraus mehr wird ...) Von einer leidenschaftlichen Beziehung aber kann da schon lange nicht mehr die Rede sein. Ob ich in diesen Tagen wirklich die Mühe auf mich nehme, eine Band live zu sehen, hängt nicht selten davon ab, ob das Konzert in einem großen, rauchfreien Saal stattfindet und die Veranstalter sich ein überzeugendes Soundkonzept überlegt haben. (Was immer dann gegeben ist, wenn ich keinen Hörsturz befürchten muss.) Wenn also Paul Weller in der Musikhalle oder Coldplay auf der Trabrennbahn antreten, bin ich gerne dabei, und ja, auch bei Udo Lindenberg & Clueso besteht eine gewisse Chance, mich im Publikum zu finden. Aber zu den kleinen Clubkonzerten von Garagenbands aus Glasgow auf dem Kiez, die um 24 Uhr beginnen und wo Menschen wie ich wie verstörte Außerirdische wirken müssen, bringen mich keine zehn Pferde mehr hin. Mein trauriger Auftritt im Molotow hat mir gezeigt, wo ich nicht mehr hingehöre. Und über Trainingsjacke und Sneakers sprechen wir an anderer Stelle.

Ich bin inzwischen auch souverän genug, nicht mehr so zu tun, als würde ich alle Bands und Produzenten kennen, die meine 19-jährige Nichte auf ihrem iPod hört. Ich werte das mal als Beweis eines gewissen Reifungsprozesses. Ob ich allerdings Menschen mit Tina-Turner-CDs wirklich ernst nehmen kann, wie der Protagonist aus ›High Fidelity‹, der seiner Ex-Freundin auf diese Weise seinen amtlichen Entwicklungssprung nachweist, kann ich immer noch nicht so genau beantworten. Restzweifel bleiben. Und Angelika Express höre ich auch noch hin und wieder, allerdings nur bei mir zu Hause, allein. Ich muss jedes Mal lächeln, wenn ich die fünf Tracks von ›Ich bin kein Amerikaner‹ abspiele, denn ich weiß, dass ich mich in diesem Moment allein durch einen ziemlich banalen Umstand vom Jungvolk unterscheide, das damals im Winter 2004 neben mir im Molotow stand. Ich bin vermutlich der Einzige, der sich das Album nicht für lau aus dem Internet gezogen, sondern bei iTunes *gekauft* hat. Und das ist doch schon mal sehr erwachsen.

Check 7: Vorbilder

Zugegeben, oft kommt es nicht vor. Hin und wieder aber tauchen Menschen auf, vor denen man sich gern spontan verbeugen würde. Weil sie es hinbekommen, über einen längeren Zeitraum eine Person des öffentlichen Interesses, sprich: eine Berühmtheit zu sein, ohne sich zum Kasper zu machen. In Würde altern – diese Menschen haben es geschafft!

> Gelassenheit ist eine anmutige Form des
> Selbstbewusstseins
> *Marie von Ebner-Eschenbach*

1 Günter Netzer

Haben Sie in der letzten Zeit mal etwas von Günter Netzer gehört? Nein? Da sehen Sie mal, wie glaubwürdig dieser Mensch ist. Er verabschiedete sich nach der Fußball-Weltmeisterschaft 2010 in Südafrika als seriöser Spielanalytiker von der ARD. Freiwillig. Auf dem Höhepunkt seiner Popularität – gerade zum richtigen Zeitpunkt. Es hätte garantiert nicht mehr lange gedauert, da wären Netzer und sein onkeliger Sidekick Gerhard Delling als »Waldorf & Stadler«-Persiflage durch den TV-Dschungel getrieben worden, doch Netzer hat lieber wieder einmal selbst über sein Schicksal entschieden. Schon als aktiver Kicker zeigte er Ecken und Kanten, trug die Haare interessant, fuhr Ferrari und hielt sich eine eigene Disco in Mönchengladbach. Er spielte bei

Real Madrid und reiste mitten in der Saison ohne Wissen seines Clubs nach Las Vegas, um bei der Hochzeit von Frank Sinatras Tochter dabei zu sein. »Meine Freiheit und Unabhängigkeit sind mir das Wichtigste.« Man kann diese Haltung auf sein gesamtes Leben übertragen. Seine öffentlichen Auftritte absolviert der inzwischen 68-jährige Mönchengladbacher ohne großes Brimborium. Darin unterscheidet er sich wohltuend vom Zeitgenossen Firlefranz Beckenbauer, dem man im Prinzip jede Möbelhaus-Eröffnung zutraut. Und dann ist da noch diese Frisur. Sie ist nicht schön, das nicht, aber sie trägt inzwischen bundesweit seinen Namen, weil Netzer sie unverdrossen seit gefühlten Jahrhunderten aufträgt. Vielleicht seine größte Leistung überhaupt.

2 Stefanie Graf

Über das Privatleben von Stefanie Graf aus Heidelberg wissen Sie vermutlich nicht allzu viel. Sie lebt in Las Vegas, ist mit ihrem Ex-Kollegen Andre Agassi in erster Ehe verheiratet, hat Kinder mit seltsamen Namen (Jaden Gil, Jaz) und mag Sushi. Das dürfte es dann beinahe schon sein, vielleicht ist dem einen oder anderen ja noch erinnerlich, dass sie mal mit einem relativ erfolglosen Rennfahrer zusammen war – in grauer Vorzeit. Verblüffend, wie wenig Steffi Graf sich während ihrer überaus erfolgreichen Karriere von der Öffentlichkeit vereinnahmen ließ. Beeindruckend auch die Art, mit der sich der Weltstar Graf vom Tennissport ins Privatleben zurückzog: mit freundlicher Beiläufigkeit nämlich, ohne pathetische Gesten und nachfolgende Comeback-Blüten. Man braucht sie nur mal kurz mit ihrem Ex-Kollegen Boris Becker zu vergleichen – gleiche Generation, ähnlicher Karriereweg –, um ihre diskrete Zurückhaltung ganz besonders schätzen zu können. Da verwundert es kaum, dass sie 2008 bei einer Umfrage einer Frauenzeitung zur beliebtesten Deutschen gewählt wurde, obwohl sie nicht mal mehr hier lebt.

3 Günther Jauch

Sieht er nicht aus wie ein Messdiener, immer noch? Ich kann mich noch sehr gut daran erinnern, dass Günther Jauch für den Bayrischen Rundfunk eine Jugendsendung moderierte, ›Live aus dem Alabama‹ hieß sie, die älteren TV-Zuschauer mögen sich erinnern. Und damals war er nett, der Jauch, Jahrgang 1956: ironisch, schlagfertig und durch nichts aus der Ruhe zu bringen. Das war 1985. Seitdem hat er beim Sport mitgemischt, Stern-TV moderiert, fragt seit gefühlten Jahrzehnten »Wer wird Millionär?« und riss vor einiger Zeit sogar den Post-›Tatort‹-Talk im Ersten an sich, programmatischer Titel des Berliner Politgeschwafels: ›Jauch‹. Mehr Popularität geht eigentlich nicht im deutschen Fernsehen. Und wie hat das Günther Jauch verändert? Warten Sie mal: Er ist immer noch nett, ironisch, schlagfertig und durch nichts aus der Ruhe zu bringen. Nicht mal eine gewisse Saturiertheit könnte man ihm unterjubeln, wenn man fair bleibt: Jauch ist *normal* geblieben, ohne biederer Durchschnitt zu sein. Das ist eine große Kunst, wenn man über so viel Leinwandpräsenz verfügt wie er und von seinem Publikum so lange und ausdauernd geschätzt wird. Aber das allein macht aus ihm noch kein Vorbild. Es ist eher diese unnachgiebig beharrliche Art, mit der Jauch sein Privatleben schützt, obwohl alles, was zwangsläufig davon an die Öffentlichkeit perlt, doch so enttäuschend unspektakulär erscheint. Dieser Mensch lässt sich nicht vereinnahmen, und selbst, dass er mit seiner Frau Thea seit Ewigkeiten zusammen ist, zwei eigene Kinder hat und zwei aus Sibirien stammende Waisenkinder adoptierte, gibt er nur zähneknirschend preis. Eine Homestory aus der Potsdamer Villa der Jauchs ist nicht vorstellbar. Klar, er kann sich das erlauben, er ist nicht auf Publicity angewiesen. Aber es gab Zeiten, da war er jung und unbekannt und auch da hat er es sich schon erlaubt. Man muss Günther Jauch nicht mögen (obwohl es schwerfällt). Aber Respekt hat er verdient.

4 Brigitte Nielsen

Stellen Sie sich eine Frau vor, die in der Pubertät als Giraffe verspottet wurde und mit Silvester Stallone verheiratet war, die sich öffentlich die Brüste vergrößern und Fett absaugen ließ. Eine große Frau mit platinblondem Kurzhaar und broilerbrauner Haut, die manchmal aussieht wie eine Mischung aus Wikinger-Suffragette und Wolfgang-Joop-Wiedergängerin. Eine Trash-Ikone, die seit Jahren durch die internationalen Reality-Formate tingelt und unter anderem im deutschen ›Dschungelcamp‹ zu sehen war (wo sie gleich zur Königin gewählt wurde). Tragisches Schicksal, denken Sie vermutlich. Und ja, dafür spricht einiges. Eine solche Karriere – schlechte Filme, schlechtes Fernsehen, schlechte Männer, schlechte Ehen – können nur einem *Opfer* passieren, das muss entweder ein furchtbar dummer oder ein furchtbar unglücklicher Mensch sein, dem dieses Leben widerfährt. Und dann treffen Sie Brigitte Nielsen auf einem der zahlreichen Events, auf denen sich die Dänin blicken lässt oder sehen ein Interview mit ihr im Fernsehen. Ich weiß nicht, wie es Ihnen geht: Mir kommt die Frau gar nicht vor wie ein Opfer. Im Gegenteil: Ich sehe eine Frau, die mit großem Witz und ansteckendem Humor für alle Entscheidungen geradesteht, die sie getroffen hat. Die bereitwillig ihren Preis bezahlt hat für all die irren Träume, die sie lebte. Und die Wert darauf legt, noch am Leben zu sein, nah bei sich und voller Optimismus, was die Zukunft angeht. Selbst auf die Gefahr, dass es wieder in eine Katastrophe mündet. Schlechte Filme, schlechtes Fernsehen, schlechte Männer, schlechte Ehen – das muss nicht heißen, dass unter dem Strich ein schlechtes Leben dabei herauskommt.

5 Giovanni di Lorenzo

Ich bin ganz gerne ich, das muss ich zugeben, es gibt nur eine minimale Anzahl von Menschen, mit denen ich möglicherweise tauschen wollte. Falls mein Schöpfer tatsächlich von mir verlangen würde, meine nichtswürdige Existenz aufzugeben und mir stattdessen einen anderen Wirtskörper auszusuchen, dann wüsste ich, wen es treffen würde: Mario Götze! Gut, bei ihm wäre das natürlich ein unsicheres Termingeschäft, wer weiß, ob der nicht mal 21-jährige Fußballgott sein großes Potenzial abruft und tatsächlich einmal die Karriere hinlegt, die ihm prophezeit wird. (Vor zehn Jahren hätte ich noch mit Benny Lauth getauscht, und das hätte mich nicht sehr weit gebracht.) Bei meiner Nummer zwei sieht das schon ganz anders aus. Giovanni di Lorenzo wäre meine konservative Wahl – eine sichere Wette. Auf diesen charmanten Herrn können sich schließlich alle einigen. Er sieht gut aus, spricht nie mit lauter Stimme – und steht als Chefredakteur der ›Zeit‹ an der Spitze des deutschen Bildungsbürgertums. Giovanni di Lorenzo ist 54 Jahre alt, aber er könnte auch 67 werden, ohne seine jungenhafte Ausstrahlung zu verlieren. Ich weiß das, weil ich auch ihn – wie den jungen Jauch – schon in ›Live aus dem Alabama‹ gesehen und in ›3 nach 9‹ weiter beobachtet habe. Es ist ein Phänomen: Giovanni di Lorenzo war immer schon genau so, wie er heute ist, nämlich ein lässiger Charismatiker mit einem warmen, wachen Blick. Und ich bin nicht mal schwul. Ich hätte Verständnis dafür, wenn sich meine Frau wünschen würde, dass ich ein wenig mehr wie Giovanni di Lorenzo wäre. Abgesehen vom Namen vielleicht, der klingt wie das Pseudonym eines italienischen Volkssängers.

6 Joachim Król

In einem Interview hat der Mime Król einmal davon erzählt, was ihm gefällt: »Ich gehe durch die Straßen und die Leute lächeln mich an.« Schon beim Gedanken daran muss auch ich lachen, denn ich kann mir das gut vorstellen: Król ringt seiner Umgebung genau solch eine Reaktion ab, im Gegensatz zu vielen anderen Stars, die so sehr *bigger than life* wirken, dass ihr bloßes Auftauchen in einer alltäglichen Straßenszene nicht mit zurückhaltendem Lächeln, sondern mit dem Zücken einer Handy-Kamera kommentiert werden würde. Król ist auf eine sehr verbindliche, freundliche Weise ein Mann für alle Gelegenheiten geblieben: Er spielt

Homosexuelle und Kommissare, Außenseiter und Killer, er verschwindet hinter seinen oft schrulligen, liebenswerten Charakteren und bleibt doch unverkennbar Joachim Król, der Mann aus Herne, der ewige Westfalia- und Borussia-Dortmund-Fan. Wer Zweifel daran hegt, dass der kleine Król zu einem ausgewachsenen Vorbild taugt, sollte sich einfach einmal in Ruhe ansehen, wie lässig-nonchalant dieser Schauspieler die Medien am Ring durch die Manege moderiert. Wie er jeden Versuch, aus seinen Filmen und seinem Schauspiel etwas Glamour und eine tiefere Bedeutung zu extrahieren, an sich abprallen lässt: mit Witz, Klugheit und einer urkomischen Unaufgeregtheit, die hin und wieder ans Schroffe, Schrullige rührt, ohne je eine Sekunde feindselig zu sein. Alles an diesem weiß Gott nicht »gut aussehenden«, aber eigenwilligen Mann sagt: Meine Güte, macht doch nicht so ein großes Fass auf. Es ist ja bloß ein Spiel. Es wird eine Freude sein, Joachim Król älter werden zu sehen, in Filmen und in Talkshows, und man kann sich darauf verlassen: Er wird immer den richtigen Ton treffen. Auf sicher.

7 Bill Gates

Ja, ja, schon klar. Man kann leicht den Wohltäter für die ganze Menschheit spielen, wenn man so verdammt reich ist wie Bill Gates. Der hat als Microsoft-Macher so viel Geld gehortet, dass er seit einigen Jahren nur noch in Sachen Charity unterwegs ist. Der leicht vergeistigt und linkisch wirkende Gates hat eine Siftung gegründet, in der knapp 30 Milliarden Dollar darauf warten, für gute Zwecke verwendet zu werden. Er kämpft zusammen mit seiner Frau Melinda unter anderem gegen die Ausbreitung von Malaria und Kinderlähmung auf der Welt. Bis zu seinem Tod will der amerikanische Mogul fast sein gesamtes Vermögen spenden, geschätzt wird es aktuell auf rund 66 Milliarden US-Dollar. Und seine Kinder erhalten angeblich maximal 10 Millionen Dollar Erbe pro Kopf. Man muss jetzt nicht unbedingt Mitleid haben mit den zukünftig Hinterbliebenen, aber als Gates-Spross könnte man auf die Idee kommen, dass Vater Bill merkwürdige Prioritäten hat. Gates hat auch andere Milliardäre sehr konkret und sehr offensiv bedrängt, seinem Beispiel zu folgen, indem er mit dem Investor Warren Buffett die Initiative »The Giving Pledge« gründete und Amerikas Superreiche an ihre Verantwortung erinnert. Man spricht von 40 Milliardären, die seinem Aufruf gefolgt sind. Nicht jeder hat so viel Geld wie Gates, aber viele haben mehr, als sie für sich benötigen würden. Bill Gates muss einem nicht sympathisch sein, aber er macht die Welt objektiv ein bisschen, ein kleines bisschen besser. Wer kann das schon von sich behaupten?

TOO OLD TO ROCK'N'ROLL? TOO YOUNG TO DIE!

Wer sich für ein Leben als Rockstar entscheidet, sollte sich darüber im Klaren sein: Seine Jugend wird nie enden. Nicht unbedingt so schön, wie es im ersten Moment klingt.

Ich weiß nicht, warum einem jeder einreden will, dass alles schlechter wird. In mir stecken nach wie vor Abenteuerlust und Leidenschaft.
Campino

Wer sich in einem frühen Stadium seines Lebens dafür entscheidet, ein Rockstar zu werden, hat meistens gute Gründe für seine Berufswahl: Manchmal gehört sogar die Liebe zur Musik dazu. Bei vielen Musikanten spielt allerdings neben einem gewissen Hang zur Rampensauerei – sowie der Hoffnung auf eine Menge Getränke und fröhliche Promiskuität – auch die Auflehnung gegen politische und gesellschaftliche Gegebenheiten eine Rolle. Der Rockmusiker neigt dazu, allerhand abschaffen zu wollen: den Kapitalismus, die aktuelle Regierung sowie die gerade geltenden Frisur-Ideen – was halt gerade so anfällt. Man kann leicht den Eindruck gewinnen, dass eine rebellische Attitüde das Berufsbild des »Rockmusikers« erst so richtig abrundet. Sie verschafft ihm die Glaubwürdigkeit, die ein junger Musikfreund auf der Suche nach weltanschaulichem Beistand so schätzt. Schließlich grenzt sich so ein Heranwachsender in der Regel ja vor allem über seine musizierenden Idole von dem ab, was er als »Erwachsenenwelt« definiert: Eltern, Lehrer, die ›Bild‹-Zeitung ... Ein Sozialpsychologe namens Jack W. Brehm hat dieses Prinzip mal als »Reaktanz« definiert, was im weitesten Sinne den Hang von Menschen beschreibt, das Gegenteil von dem zu tun, was von ihnen erwartet wird. Reaktanz könnte man auch als reflexartigen Widerstand gegen jede Form von Druck oder Einschränkung *von oben* definieren – die Grundhaltung also, von der jede nennenswerte Pubertät zehrt. In diesem speziellen Alter kann schließlich wenig von dem, was Eltern, Lehrer oder generell »die Gesellschaft« an Werten und Codes vorgibt, der richtige Weg sein. Die Jugend ist zum Misstrauen verpflichtet. Sie sieht ja, mit welchen Lebenslügen und Konflikten sich ihre Elterngeneration herumschlägt. (Das ist das Stigma *jeder* Generation, egal, was sie getan, gelassen oder wofür sie gekämpft hat: in den Augen ihrer Nachkommen hat sie kläglich versagt ...)

Und genau in diese Leerstelle setzt sich nun der hippe Künstler der Stunde und bietet mit seiner Musik und seinem Lifestyle einen attraktiven Ausweg aus der so verhassten »Mainstream«-Falle an. Meistens funktioniert diese gezielte Provokation ja auch prima. Vor allem, weil der Mensch vergesslich ist: So stöhnt vermutlich jede brave Mutter – die selbst noch vor 30 Jahren in Madonnas transparenter Spitzenkorsage zu ›Like a virgin‹ tanzte - gepeinigt auf, wenn die eigene Tochter nun im aktuellen Lady-Gaga-Outfit in den Schulbus steigt. Dort sitzt die Mini-Gaga dann neben einem Mitschüler in tief runtergelassenen Cargo Pants, der schon beim Frühstück im Eckreihenhaus seiner Erzeuger dem Rap-Rabauken Sido lauscht: »Ich bin all das, wovor deine Eltern dich immer gewarnt ham! Doch ich hab Geld, hab Fraun, hab Spaß und du musst immer noch Bahn fahrn!«

Diese Zeilen stammen übrigens aus einem Stück namens ›Schlechtes Vorbild‹ – und da würde der Vater dieses jungen Mannes sicher gleich begeistert zustimmen, mit dem Finger auf Sido (bürgerlich: Paul Würdig!) weisen und behaupten, in *seiner* Zeit hätte es so was nicht gegeben. Dabei hat Papa zu *seiner* Zeit vermutlich mit gläsernen Augen auf eine Lavalampe gestiert und dazu Pink Floyd gehört – oder gleich ›Sympathy for the devil‹ von den Stones. Er kann ja mal bei Opa und Oma anfragen, wie *knorke* die denn damals Madonna oder die Rolling Stones fanden.

Ich nehme an, das Prinzip ist klar: Wer heute noch als Bürgerschreck gilt, kann morgen schon ein Teil des Establishments sein. Jede Generation hat ihre eigenen Helden – und wird mit ihnen zusammen alt. Nur selten schafft es ein Künstler, seinen Status als authentischer Rebell und seine Strahlkraft als gesellschaftlicher Erneuerer mit in die zweite Lebenshälfte zu retten. Wenn er Glück hat, bleiben ihm wenigstens ein paar alte Fans treu, wegen seiner tollen Musik. Doch in der Regel geschieht nicht mal das, weil, wie im letzten Kapitel hinreichend beschrieben: Irgendwann verliert die Liebe zur Musik im Leben des jungen Erwachsenen an Kraft. Je älter er wird, umso mehr wird sie bloß noch zu einer Hintergrundtapete für das *echte* Leben. Und die Ikonen von gestern landen fein abgeheftet in den Poesiealben der Erinnerung.

Für die ehemaligen Musikfans ist das auch kein großes Dilemma. Sie machen einfach mit ihrem Leben weiter. Tragischer ist dieses Phänomen hingegen für die Idole selbst, für diese ganzen Rock- und Popgrößen von gestern. Zu ihrem *richtigen* Leben gehört es nun mal, *forever young* auf einer Bühne herumzuturnen und davon zu singen, wie sie die Welt retten, schnelle Autos fahren und den besten Sex haben. Was anderes haben die meisten doch auch nie gelernt! (Ausgenommen ausdrücklich all jene Künstler, die nie an Ruhm und Pose interessiert waren, sondern nur für ihre Musik lebten. Viele sind das allerdings nicht.)

Die wenigsten dieser »Stars« schaffen es, diesen leidigen, aber unausweichlichen Spagat zwischen dem eigenen biologischen Verfall und der popkulturellen Existenz als Konserve glaubwürdig hinzubekommen. Sie sind schließlich kraft ihres Jobs dazu verpflichtet, jung zu bleiben, die Sprache der Jugend zu sprechen, stets neuen, originellen Ausdrucksformen nachzujagen, die hippen Codes im Auge zu behalten. Oder auch nur »alles zu bumsen, was einen Puls hat«, wie der Guns N' Roses-Gitarrist Slash freimütig zugibt. Künstler wie er verfügen quasi über die Lizenz zur ewigen Pubertät. Natürlich sieht so etwas dann selten überzeugend aus, wenn das natürliche Verfallsdatum des Berufsjugendlichen schon ein paar Jahre zu viel überschritten ist, da helfen keine Posen und keine modischen Assimilationsversuche mehr. Wer hat sich nicht schon mal über Mick Jagger ~~fremd geschämt~~ gewundert, wenn er mit ausgemergeltem Frührentnergesicht über die Bühnen der Welt hampelt und dabei züngelt, als setze er mit seinem Sexappeal immer noch die Damenwelt in Flammen? Sein musikalischer Bruder im Geiste, Keith Richards, sieht die Dinge wohl ganz realistisch: »Micks größtes Problem ist, damit fertig zu werden, dass wir alle älter werden. Es wird der Tag kommen, wo Mick Jagger mit dem Arsch wackelt und die Leute ihn angähnen.«

Oder nehmen wir Ozzy Osbourne. Sie wissen schon, dieser Herr, der in den siebziger Jahren als diabolischer Hard Rocker von Black Sabbath bekannt wurde und Jahrzehnte später – wenn auch dauersediert – durch die eigene TV-Realitysoap stolperte? Kommt da nicht Schadenfreude auf oder wenigstens der Wunsch nach ein wenig Mäßigung und Zurückhaltung? Es ist schon ein Kreuz mit den Pop-, Rock- oder auch Punk-Helden, wenn sie in die Jahre kommen.

2012 wurde auch Campino von den Toten Hosen 50 Jahre alt. Eine führende Sonntagszeitung fragte vierspaltig »Wie lebendig sind die Toten Hosen?« und referierte schon nach ein paar Sätzen über die so supersimplen Melodien, die klängen, als wolle Pur U2 imitieren. Und der aktuelle Hit habe doch wohl bestenfalls noch WDR 4-Niveau. Eine größere Schmähung ist im Universum eines Andreas Frege, wie Campino bürgerlich heißt, wohl kaum denkbar. WDR 4, das ist der Sender, der *Melodien für ein gutes Gefühl* anbietet, mit anderen Worten: Rentnermucke. Und die Toten Hosen waren mal die Speerspitze des deutschen Punks.

Die Toten Hosen sind natürlich nicht die Einzigen, die sich öffentlich dafür in den Senkel stellen lassen müssen, dass sie älter werden. Nehmen wir Madonna. Inzwischen vergeht kein Auftritt der ehemaligen Sex- & Rock-Ikone, ohne dass explizit auf ihr Alter hingewiesen würde: Madonna Louise Ciccone ist am 16. August 1958 geboren worden, nun also bereits Mitte fünfzig! Skandal! Wie lange will die denn noch in knappen Trikots auftreten? Die Schriftstellerin Sibylle Berg findet die ganze Aufregung um Madonna und ihr vermeintliches Dasein als »Pop-Oma« verlogen und lächerlich: »Die seltsame Forderung, dass Menschen in künstlerischen Berufen in einen Ruhestand zu treten hätten, kommt meist nur von unausgelasteten Angestellten« behauptet sie und hält es für möglich, dass bei Frauen im Showgeschäft andere Maßstäbe angelegt werden als bei Männern: »Warum soll Madonna nicht mehr auf Tour gehen, warum wundert sich keiner über die absurd straffe Gesichtshaut von Herrn Pitt, fordert von dem ebenfalls fast gleichaltrigen Johnny Depp würdevolles Altern ein?«

Möglicherweise sind das berechtigte Fragen aus dem Blickwinkel einer Frau. Und im Prinzip hat Frau Berg, wie meistens, ja recht. Trotzdem hätte sie besser auf Frauen wie, sagen wir: Patty Smith oder Susan Sarandon verwiesen, denn bei Madonna fragt sich die Öffentlichkeit nicht ganz zu Unrecht, was eigentlich mit ihr los ist. Sie lässt ganz offenbar nichts unversucht, um sich gegen ihren natürlichen Zellverfall aufzulehnen. Nicht, dass sie älter wird, ist das Problem. Ein wenig peinlich wirkt eher der Umstand, dass sie das nicht einfach kampflos geschehen lassen kann. Sie ist unbestritten eine der wichtigsten Popkünstlerinnen der letzten 25 Jahre, aber in diesen Tagen wird sie von vielen Menschen anders wahrgenommen: Als verzweifelte Diva nämlich, die sich dürr fastet und zu einem sehnigen Skelett zurechttrimmt. Als verbissene Amazone, die den Eindruck vermittelt, als wolle sie es um jeden Preis mit der Natur aufnehmen, um jung und verführerisch zu bleiben.

Madonna und Campino von den Toten Hosen sind beide im selben Metier zu Hause, und sie haben sich entschlossen, damit auch noch ein paar Jahre weiterzumachen. Im Falle von Madonna ist das nicht zwangsläufig eine gute Nachricht, denn man ahnt, dass sie ihren tendenziell verzweifelt wirkenden Kampf kaum gewinnen kann. Sie und alle anderen ihrer (noch einmal fürs Protokoll, um Missverständnissen vorzubeugen: auch männlichen) Kollegen, die glauben, sie könnten auf der öffentlichen Bühne die Zeit anhalten und so tun, als seien sie auch mit fortschreitendem Alter weiterhin der Nabel der jungen Welt, werden wohl in grandioser Lächerlichkeit scheitern.

Campino wird das nicht passieren. Ausgerechnet der schrille Campino, der 1982 beim ersten Konzert der Gruppe noch als Mitglied der »Toten Hasen« angekündigt wurde, versteht es eindrucksvoll, authentisch zu altern. In seinem Fall läuft die WDR 4-Schmähung seines Kritikers ins Leere. Gerade im kritisierten ›Tage wie diese‹ singt Campino von dem Wunsch nach »Unendlichkeit«: einmal für einen Tag die Zeit anhalten zu können. Wir alle kennen dieses Gefühl – und Campino setzt es im Hit der Toten Hosen bei aller Gassenhauerei in einen passenden melancholischen Kontext. Es ist sehr ehrlich, diesen Wunsch nach ewiger Sorglosigkeit nicht zu verleugnen und gleichzeitig sehr erwachsen, nicht so zu tun, als sei er dauerhaft einzulösen: »Das hier ist ewig, ewig für heute ...«

Überhaupt Campino. Ein beneidenswert entspannter 50er, der sich im ›SZ-Magazin‹ unaufgeregt zu einer gewissen Spießigkeit bekennt und dafür plädiert, einfach immer sein Ding zu machen, völlig unabhängig von dem, was da draußen gerade gefragt ist.

Leider sehen es nicht alle seine Kollegen so wie er und machen sich in Wort, Bild & Posen lächerlich, die für weit jüngere Zeitgenossen reserviert sind. Dabei wäre es so einfach, wie Campino weiß: »Gegen den Zeitgeist ist man machtlos. Wir halten es mit AC/DC. Die waren lange angesagt, bis irgendwann alle dachten: Mein Gott, wie langweilig, immer das Gleiche. Aber die haben einfach weitergemacht. Inzwischen sind sie wieder Kult. (...) Man geht den Leuten eben mal mehr und mal weniger auf die Nerven.« Gleichmut und das Beharren auf den einmal gefassten Überzeugungen – das scheint tatsächlich eine Art Geheimrezept gegen das würdelose Altern zu sein. Auch Harrison Ford, der sich in den USA mit über 70 noch allergrößter Beliebtheit erfreut, verfährt nach diesem Muster: »Ich bin wie ein paar alte Schuhe« behauptete der Mime neulich, »ich bin niemals hip gewesen. Ich denke, dass ich immer noch im Geschäft bin, erklärt sich dadurch, dass ich niemals so in Mode war, dass man mich durch etwas Neues ersetzen wollte.« Smarter Mann.

Check 7: Forever young? Think again!

In dieser Bruderschaft war er der Anführer: Michael Jackson lebte wie sein literarisches Vorbild Peter Pan in einer Art »Nimmerland«, dem ewigen Rummelplatz für Menschen, die nicht erwachsen werden wollen. Hier sind noch ein paar Vertreter dieses Stammes. Nehmen Sie sich an ihnen besser KEIN Vorbild.

> Nichts macht so alt, wie der ständige Versuch,
> jung zu bleiben.
> *Robert Mitchum*

1 Lothar Matthäus

Schon schade, was aus ihm geworden ist. Für die jüngeren Leser, die Lothar Matthäus nur aus der ›Bild‹ kennen oder von Partys im Münchener P1: In der Steinzeit des Fußballs gehörte Matthäus mal zu den drei besten Spielern der Welt, defensiv geschätzt. 1990 – auf dem Höhepunkt seiner Schaffenskraft – spielte er bei Inter Mailand und wurde Weltmeister mit der deutschen Nationalmannschaft. Klar, auch schon während seiner aktiven Zeit haute der Herzogenauracher so manchen Klops raus: Belästigte auf dem Flughafen die jungen Damen der deutschen Basketballnationalmannschaft mit der Information, sein kolumbianischer Mitspieler Adolfo Valencia habe »den Längsten«. Doch trotz seines Hangs zu unfreiwilliger Komik hätte aus Lothar Matthäus ein ganz Großer werden müssen. Spieler mit viel weniger Strahlkraft als er haben es schließlich auch als Trainer und Manager in die Bundesliga geschafft. Aber nicht mal in Liga zwei will man den allerorts als Bundes-Loddar verlachten Franken haben. Warum? Immer, wenn ein Mikrofon in Reichweite ist, hält Matthäus drauf, ohne Rücksicht auf Verluste. Er labert sich um Kopf und Kragen. Und schiebt nebenbei ein junges Model nach dem anderen über den roten Teppich.

2 Demi Moore

Nichts gegen Pumas. Die Tiere sind schön anzusehen. Und den Frauen, die leicht spöttisch so bezeichnet werden, gönne ich den Spaß von Herzen: Warum sollte ausgerechnet Demi Moore der Vorwurf gemacht werden, dass sie sich mit Ashton Kutcher einen 15 Jahre jüngeren, dazu noch sehr adrett aussehenden Ehemann angelacht hatte und sich seit 2012 mit dem nochmals jüngeren Sohn von Julian Schnabel vergnügte? Umgekehrt schert sich ja auch keiner drum, wenn eine junge Dame parallel zu *seinem* ersten Bypass gerade den Führerschein gemacht hat ... Warum Demi Moore trotzdem in dieser Rubrik auftaucht, hat einen einfachen Grund: Sie gehört ganz offenbar zu den Frauen, die nicht lässig alt werden können. 2012 soll Mager-Moore monatelang nur von Energydrinks gelebt haben, hört man. Faszinierend vor allem die Begleitmeldung: Nach dem »Inhalieren von Lachgas« habe sie einen epileptischen Anfall erlitten. Hallo? Inhalieren von Lachgas, Energydrinks? Das klingt, als hätte Demi Moore jeden Tag eine Technoparty gefeiert. Da fragt man sich natürlich: Was denken ihre drei Kinder von der Mutter, wenn sie so was regelmäßig in der Zeitung lesen müssen?

3 Til Schweiger

Kann man einem Mann zum Vorwurf machen, dass er nuschelt? Oder, ein wenig freundlicher ausgedrückt: Dass Til Schweiger als »Schauspieler« so erfolgreich ist, hängt ganz augenscheinlich nicht mit seinem überragenden Talent zusammen. Er sieht gut aus, und die Frauen freuen sich, ihm beim Til-Schweiger-sein zusehen zu dürfen. Schwerer ins Gewicht fällt da schon der Umstand, dass Til Schweiger Frau und vier Kinder verließ, um noch ein wenig mehr Spaß im Leben zu haben, oder, wie es seine Frau Dana einmal einem Magazin verriet: »Sie kennen doch die Männer, die nicht erwachsen werden wollen – ich habe so einen!« Des Weiteren bezeichnete sie ihren Gatten als einen typischen Disneyworld-Papi, der seine Kinder ohne verlässliche Regeln aufwachsen lasse: »Ich brauche danach immer zwei Tage, bis sie wieder rund sind.« Man kann sich das gut vorstellen, wie der gar nicht unsympathische Schweiger seinen Job als Daddy verrichtet. Vermutlich mit der gleichen entwaffnenden Wurschtigkeit, mit der er forderte, man möge doch vor seinem Einstieg beim ›Tatort‹ als Hamburger Kommissar diesen blöden Vorspann nach 40 Jahren mal auswechseln, der sei irgendwie »outdated«. Nur so als Info: Til Schweiger ist keine rotzige 18 mehr, sondern ... schätzen Sie mal ... ja ... wirklich: 49 Jahre alt. Man vergisst das leicht, wenn man seine wechselnden Gespielinnen gedanklich an sich vorüberziehen lässt. Nach dem Model Melanie, 24, folgte das Model Svenja, 26. Also, Stand Frühjahr 2013, ohne Gewähr.

4 Flavio Briatore

Ein Profiler aus dem fernen Neuguinea oder von den Cookinseln, jedenfalls aus einem Land, in dem sich Flavio Briatore segensreicher Anonymität erfreut, würde wohl von einem leichten Job sprechen. Zeigte man ihm ein typisches Bild des Italieners, sprudelte es vermutlich nur so aus ihm heraus: »Hier handelt es sich um einen reich gewordenen Kneipenwirt oder Automobilhändler, jedenfalls einer Gattung Mann, die man gerne in mediterraner Umgebung vor Pools und Bars herumstehen sieht, eine Dame im Arm, bei der man nicht auf dem schnellsten Weg Augenkontakt sucht ...« Das ist natürlich boshaft, so über Flavio Briatore zu urteilen, aber er fordert es geradezu heraus: Wenn jemand dem Abbild des greisen Lebemannes und ewigen Playboys entspricht, dann er. Mit offenem Hemd, fetten Brillen und gewölbtem Wanst zeigt sich der ehemalige Formel-1-Funktionär und Mitbesitzer eines Fußballclubs unverblümt in der Öffentlichkeit, die Bäckchen aufgeschwemmt, der Blick getrübt, aber die Trikots immer in der teuersten Ausstattung und der grellsten Farbe. Für mich ist Briatore der Inbegriff des schlechten Geschmacks, aber das mag an mir liegen. Der Profiler hätte mit seiner Einschätzung übrigens gar nicht so falsch gelegen: Bevor Briatore über den Kontakt zu Benneton in der Formel 1 bekannt wurde, arbeitete er als Skilehrer, war (erfolgloser) Restaurantbesitzer, Versicherungsagent und Börsenmakler, irgendwann flüchtete er vor der italienischen Justiz: in der Karibik natürlich. Ein Filou, dieser Mann. Und er hält sich maximal für 17, da bin ich sicher.

5 Britney Spears

Okay, sie ist gerade erst im Club der Dreißiger angekommen. Trotzdem fühlt es sich für die Welt da draußen so an, als hätte es Britney Spears schon immer gegeben. Dazu passt, dass sie bereits mit 29 Jahren für ihr Lebenswerk mit einem Video Award ausgezeichnet wurde. So schnell, wie die Blondine aus Mississippi Karriere machte – 100 Millionen verkaufte Alben! –, so schnell alterte die einst auf prüdes All-American-Girl abonnierte Sängerin. In beachtlichem Tempo schlitterte sie von Skandal zu Skandälchen, so heiratete sie in alkoholisiertem Zustand in Las Vegas ihren Jugendfreund Jason Alexander. Die Ehe wurde innerhalb von 48 Stunden annulliert – und Spears landete im ›Guinness-Buch der Rekorde‹. Too lost to be true … Ob mit Glatze oder blonder Mähne, ohne Höschen in der Bar oder im aggressiven Leder-Lack-Look auf der Bühne – Britney Spears blieb sich während der gesamten Karriere erschreckend treu. Auf mich wirkt sie stets wie die Bums-Bibi aus einem Friseursalon in der Vorstadt: ein bisschen frech, ein bisschen geil und immer eine Spur zu leicht zu haben. Im Prinzip ist sie das weibliche Äquivalent zu Boris Becker. Und dass sie 2008 entmündigt wurde und ihr Vater wieder als Vormund agiert, passt zu diesen Eindrücken ganz vorzüglich.

6 Boris Becker

Wirklich böse sein kann man ihm nicht. In den achtziger Jahren schenkte uns der »rote Baron« aus Leimen atemberaubende Stunden vor dem TV-Gerät: Wimbledon wurde zu seinem zweiten Wohnzimmer und ein ganzes Land applaudierte ihm für sein emotionales Bum-Bum-Tennis. Jahre später steht Boris immer noch für viel Bum-Bum, vornehmlich aber an den Bars und roten Teppichen der Welt. Er zeugte ein Kind in der Besenkammer (oder war es doch das Treppenhaus?) und verirrte sich in einer Kurzzeitbeziehung mit Sandy Meyer-Wölden (die jetzt Alessandra Pocher heißt). Der Mann ist sein eigenes Geschäftskonzept, sein Job besteht darin, sich auf keinen Fall unsichtbar zu machen und weiter an seiner Popularität zu arbeiten – ich bin sicher, dass Boris Becker auch noch in 20 Jahren einen überragenden Bekanntheitsgrad besitzen wird, aber niemand mehr unter 40 überhaupt noch weiß, dass Boris Becker einmal Tennis spielte.

7 Nina Hagen

Schon klar, ich bin vermutlich bloß ein kleinbürgerlicher Stinkstiefel mit Scheuklappe und imprägniertem Spießer-Gen. Aber ich habe Nina Hagen noch nie anschauen oder anhören können, ohne innerhalb von zwei Minuten zu denken: Hat die Alte einen an der Klatsche? Ich weiß, wir reden hier über die deutsche Godmother of Punk, über eine Frau, die sich schon allein deshalb unsterblich gemacht hat, weil sie in einer braven ›Club2‹-Talkshow diverse Masturbationstechniken vorführte. Prinzipiell habe ich ja auch wenig gegen Menschen, die sich öffentlich echauffieren und sich nicht brav vom Mainstream pudern lassen. Aber es ist bei Nina Hagen – stets mit schwarz umrandeten Raketenaugen und in diesem halluzinogenen Outfit – immer ein wenig problematisch herauszufinden, worum es ihr eigentlich geht. Je älter sie wird, umso krauser wirkt Nina Hagen in der Öffentlichkeit. Mit Zöpfchen und luftig-esoterischen Texten verstört sie weiterhin die Gäste, die mit ihr zusammen in irgendeiner Talkshow hocken. Ich fürchte, sie meint den ganzen Blödsinn ernst, den sie bei diesen Gelegenheiten zu erzählen pflegt. Ich für meinen Teil bin ganz bei Sandra Maischbeger, der Nina Hagen einst die halbe Talkrunde sprengte: »Nina, ich habe das Gefühl, dass in deinem Kopf eine Menge durcheinandergeht.« Das könnte wohl sein.

EIN GUTER ORT ZUM STERBEN

Nicht mal in Ruhe Sport treiben darf der mittelalte Mensch. Entweder rät man ihm zur Vorsicht oder belächelt seinen Eifer. Ein echtes Dilemma.

Jedes Ding hat seine Zeit.
William Shakespeare

Vermutlich würden Birgit Fischer und ich uns prima verstehen. Birgit Fischer ist eine erfolgreiche Leistungssportlerin, eine von denen, die wirklich alles in ihrer Karriere erreicht haben. Die Kanutin ist mit acht Gold- und vier Silbermedaillen die erfolgreichste deutsche Olympionikin aller Zeiten, und vermutlich wird sie das auch bleiben. Ihre erste Goldmedaille errang sie 1980 in Moskau, in ihrer Karriere wurde sie 27 Mal Weltmeisterin. Siebenundzwanzig Mal!!! Heute ist Birgit Fischer 51 Jahre alt.

Eigentlich eine tolle Geschichte. Es gibt da nur ein Problem: Birgit Fischer hat immer noch Lust auf ihren Sport. Und zwar nicht nur auf einer unverbindlichen Hobbybasis, sondern ganz professionell. Im Herbst 2011 gab die Kanutin aus dem havelländischen Bollmannsruh mal eben bekannt, dass sie sich um die Olympiaqualifikation bemühen wolle. London 2012, warum sollte sie nicht dabei sein? (Sie musste diesen Plan, wie wir nun alle wissen, einige Wochen vor Olympia wieder aufgeben, aus gesundheitlichen Gründen, aber das ändert nichts an den Reaktionen auf ihr Vorhaben.) Dass sie sechs Jahre »keine Lust auf ihren Sport« gehabt hatte und in der Zeit keinen Wettbewerb absolvierte, focht sie dabei nicht an. Mit Comebacks kennt sie sich schließlich aus, sie hatte schon längere Babypausen eingelegt und war hinterher immer wieder zurückgekommen, jedes Mal auf dem höchsten Niveau. Birgit Fischer sprach davon, wie sehr es sie reize, solch ein Projekt wie die Olympiaqualifikation noch einmal gegen alle Wahrscheinlichkeiten zu planen, sie wolle einfach wissen, wie das wohl ende. Und außerdem sei für sie in ein Rennkajak zu steigen ohnehin so etwas wie ein Orgasmus.

Nun, falls dem tatsächlich so sein sollte: viel Spaß im Kajak. Die Reaktionen auf den Wunsch von Frau Fischer, weiterhin regelmäßigen Sex auf höchstem Niveau zu haben, wurden allerdings von einem Medienecho begleitet, das ihr in den Ohren geklungen haben muss. Verrückt sei ihr Ansinnen, noch einmal bei Olympia starten zu wollen, schrieben die Zeitungen, und die jungen Konkurrentinnen auf den Wasserstraßen der Republik zogen die Augenbrauen hoch: »Was will die Alte denn noch?«, schienen sie sich zu fragen, alternativ: »Kann die es nicht langsam mal gut sein lassen?«

Mir kommt das ziemlich bekannt vor. Das ist auch der Grund, warum ich glaube, dass Birgit Fischer und ich uns eine Menge zu erzählen hätten. Ja, gut: Ich war nie Leistungssportler. Ich habe nie bei Olympia mitgemacht, ich war nicht mal nah dran. Meine Hoffnungen, Fußballspielen zu meinem Beruf zu machen, waren nie sonderlich realistisch. Sie endeten mit 22 Jahren, als ich ein paar Tage bei einem Zweitligisten mittrainieren durfte und feststellte, dass bis auf den Zeugwart alle schneller und kräftiger waren und die meisten auch noch besser Fußball spielen konnten als ich. Mein Traum vom Profifußball endete also zum Glück, ohne dass ich mir dafür erst eine schlimme Knieverletzung abholen musste (das hört man ja häufig im Bekanntenkreis: »Ohne dieses verdammte Wackelknie hätte ich's zu den Bayern geschafft!«).

Bei mir reichte ein Training mit richtigen Fußballern, danach war die Sache klar. Ich fuhr wieder nach Hause, suchte mir einen Studienplatz in einer weit entfernten Stadt und verabschiedete mich von der Aussicht auf Ruhm und Millionen. Von einem allerdings verabschiedete ich mich keineswegs: Fußball blieb die Sportart, die mir weiterhin überall Vergnügen bereitete, ganz unabhängig davon, ob ich nun Profi werden würde oder nicht. Ich spielte im Park, im Verein, in der Kneipenmannschaft oder in der Soccerhalle, ich spielte im Urlaub auf Koh Phangan und in Kapstadt, ich kickte sogar in einer Werberliga. Und wenn das nicht reichte, verstärkte ich das gemischte Team meines Verlages bei der inoffiziellen deutschen Buchverlagsmeisterschaft in Münster. Ich würde zwar nicht ganz so weit gehen wie Birgit Fischer und meinen Hang zur Dauerkickerei mit gutem Sex vergleichen. Nicht mal spielerisch waren da bei mir Höhepunkte zu erwarten. Aber Fakt ist: Überall, wo ein Termin mit dem Ball anstand, wollte ich dabei sein. Beziehungsweise: Bin ich immer noch dabei. Womit wir bei meinem kleinen Problem wären.

»Will der Alte auf dem Acker sterben?«, rief vor einigen Jahren ein Zuschauer unter dem Gelächter seiner umstehenden Kollegen und zeigte auf mich. Die Herrschaften besuchten alle zusammen ein Bezirksligaspiel im Elmshorner Ortsteil Lieth – natürlich mit einem Bier in der Hand. Ich spielte in den Reihen des SV Rugenbergen II, einer begabten Truppe von hauptsächlich 18- bis 22-jährigen Schülern, Lehrlingen und Studenten, im Mittelfeld. Ich war nicht bloß 10 Jahre älter als die meisten meiner Mitspieler, nein, wir reden hier gleich über 15 bis 20 Jahre, die ich mehr auf dem Buckel hatte. Wenn man mich nicht ständig daran erinnert hätte, wäre das für mich gar kein großes Thema gewesen. Fußball machte mir halt immer noch Spaß! Und meine Trainer – es waren mehrere im Laufe der Jahre – stellten mich auch noch regelmäßig auf, ohne dass ich sie dafür bezahlen musste. Alles gut also. Meistens jedenfalls – so lange, bis mal wieder jemand an mir vorbeirannte und mich »alter Trottel« nannte oder einer der Spieler von den Alten Herren mir jovial auf die Schulter klopfte: »Find ich prima, dass du dich noch so quälen kannst!«

Hallo? Ich *quälte* mich keineswegs: Ich versuchte auf dem Acker durchaus nicht, mich gegen mein Schicksal (und die Zahlen in meinem Personalausweis) aufzulehnen: Ich weiß ja, dass ich eines Tages sterben muss, vielleicht sogar auf dem »Acker«, wie der Sportsfreund aus Lieth mutmaßte.

(Oder empfahl, wer weiß das schon.) Aber bis es so weit war, wollte ich einfach noch ein wenig spielen.

Der Spaß daran war mir nämlich zwischenzeitlich schon etwas abhandengekommen. Ich war im Alter von gesegneten 39 Jahren in eine Altherrenmannschaft gewechselt. Nichts gegen den Sportsgeist älterer Herren. Aber die dritte Halbzeit nimmt in vielen dieser Veteranenteams ein wenig zu viel Raum ein, wie ich herausfinden sollte. In gleichem Maße, wie die Konfektionsgröße anschwoll, nahm der sportliche Ehrgeiz meiner Teamkameraden ab. So etwas Banales wie ein Tabellenplatz war den meisten meiner Mitspieler völlig egal. Zum Training einmal in der Woche erschienen sie nur sporadisch, wenn gerade keine Familienfeier anstand oder Fußball im Fernsehen übertragen wurde. Und wenn wir in einem engen Spiel kurz vor Schluss einen Elfmeter verballerten, grämte sich niemand sonderlich, sondern die Truppe schrie freudig erregt auf: »*Kiste!!!*«

(Zur Erläuterung für Menschen, die sich mit dem Fußballsport nicht so gut auskennen: Die beliebteste Strafmaßnahme für verschossene Elfmeter, vergessene Schienbeinschoner oder verschuldete Eigentore ist die »Kiste«: Es handelt sich um einen vollen Träger Bier, der dem Mannschaftsgeist geopfert wird und in der Mitte der Kabine steht, während die verschwitzten Kicker in Socken und mit Zigarette in der Hand drumherum hocken wie um einen Opferaltar.)

Nach fast drei Jahren in der besagten Altherrenmannschaft, im Alter von 42 Jahren, folgte ich meinem Extrainer, der gerade mit seiner Mannschaft in die Bezirksliga aufgestiegen war, und trainierte vier, fünf Monate, als ob ich dafür bezahlt würde. Ich nahm acht Kilo ab, weil ich sogar meine Essgewohnheiten umstellte und fand mich fünfmal in der Woche auf irgendeinem Sportplatz wieder. Ich joggte auf den Feldern meines Dörfchens in Schleswig-Holstein schon vor dem Frühstück, reaktivierte mein Squashtraining und klemmte meine Beine hinter Eisenmaschinen, um sie gezielt zu kräftigen. Niemals in meinem ganzen Leben habe ich so konsequent an meiner Fitness gearbeitet, nicht mal, als ich in jungen Jahren in der vierten Liga spielte und mir noch unberechtigte Hoffnungen auf eine Profikarriere machte. Und warum tat ich das alles, was wollte ich wem beweisen? Schwer zu sagen. Es war einerseits natürlich vollkommen übertrieben. Aber, und da bin ich ganz bei Birgit Fischer: Ich wollte einfach wissen, ob mein Körper es noch einmal packt. Wollte noch einmal das Gefühl haben, nicht bloß mit einem vogelwilden Haufen über den Platz zu stolpern und das Spiel zu entweihen, so wie ich es früher gekannt hatte. Ich wollte mir beweisen, dass man über vierzig Jahre alt und auch mit einem Ball am Fuß noch Herr seiner Entscheidungen sein konnte – beim richtigen Fußball, mit jungen Mitspielern.

Ich wurde tatsächlich noch einmal Stammspieler. Mehr noch: Ich erzielte in meiner ersten Saison zehn Tore und wurde von einem Fußballblättchen der Region zum »Spieler des Jahres« gekürt. In der Laudatio wurde sehr viel über mein Alter gesprochen. Man riss Witze darüber, wie lange der scheinbar unverwüstliche Motor wohl noch schnurren mochte. Ich bin ehrlich: Ich habe mich über die Ehrung gefreut. Mein ambitionierter Comebackversuch zahlte sich ganz offenbar aus, die zahlreichen Trainingseinheiten hatten sich gelohnt. Einerseits. Andererseits war mir klar, dass ich diese Ehrung nicht erhalten hatte, weil ich etwa tatsächlich der herausragende Mittelfeld-Regisseur der Bezirksliga West des Fußballverbandes Hamburg gewesen wäre. Nein, es wäre albern, das zu glauben: Ich spielte ganz prima mit, hatte ein paar gute Tage, einige wenige sehr gute. Aber wäre ich 22 oder auch 32 Jahre alt gewesen, hätte niemand besonders Notiz von meinen Spielkünsten genommen. Warum auch? Manchmal fühlten sich die medialen Hymnen an, als wolle man mir indirekt dazu gratulieren, mich noch nicht aufgegeben zu haben und nicht bloß mit einer Chipstüte auf dem Sofa zu sitzen und die ›Sportschau‹ anzusehen.

Man konnte es drehen und wenden, wie man wollte: Mit 42 Jahren spielte man nicht mehr einfach bei den Jungen mit, ohne irgendwie aufzufallen. Entweder man klopfte mir ständig auf die Schulter, was ich peinlich berührt mit Witzen über meinen aktuellen Verfallszustand kommentierte. Oder man mokierte sich darüber, dass ich wohl nicht loslassen könne und auf dem Platz früher oder später zu einer tragischen Figur werden würde. Das sei quasi unvermeidlich. Meine Eltern sorgten sich aus ganz anderen Gründen: Sie hielten intensive Leibesübungen nicht etwa für gesund, sondern im Gegenteil für gefährlichen Unsinn. Meine Mutter sagte diesen Satz wirklich an jedem zweiten Wochenende zu mir, wenn wir miteinander telefonierten: »Muss das denn wirklich sein, in deinem Alter?«

Auch meine Frau war nicht begeistert, ihr Leben mit einem Typen zu verbringen, der vor dem Frühstück schon in kurzen Hosen über die Felder wackelte und am Wochenende nur Abendtermine zwecks gemeinsamer Freizeitgestaltung anbieten konnte. (Kino wurde übrigens schnell gestrichen, da schlief ich neuerdings immer vor Erschöpfung ein.) Auch sie hielt meinen Versuch, die schönen Zeiten auf dem Platz noch um ein paar Jahre zu verlängern, für den Ausdruck eines fehlgeleiteten Sportwahns, im schlimmsten Fall sogar für die Flucht vor der Erkenntnis, dass wir alle das Rad der Zeit nicht aufhalten können.

Es war nicht einfach, mein Fitnessprogramm durchzuziehen. Ich musste mich dafür an allen Fronten rechtfertigen, sogar vor meinen Gegenspielern. Diese reagierten zum Teil tief beleidigt, wenn ich sie ausspielte (was hin und wieder vorkam) oder gar ein Laufduell gewann (was so gut wie nie vorkam). Sie beschimpften mich aufs Übelste, einfach so, einer flog sogar vom Platz, weil er mir eine Kopfnuss verabreichte. Für viele 25-jährige Kicker aus dem Pinneberger Raum muss ein nahezu 45-jähriger alter Sack eine ziemliche Bedrohung, oder besser: Provokation dargestellt haben. Ich vermute, es war für sie so ähnlich, wie gegen ein Mädchen Fußball zu spielen. Das Problem dabei: Man kann ihr ja kaum amtlich in die Parade fahren, es ist schließlich ein Mädchen. Andererseits ist es auch Fußball, da kann man selbst ein Mädchen nicht einfach laufen lassen. Ersetzen Sie nun das Wort *Mädchen* durch *Opa* und Sie erkennen das Dilemma, in dem sich die cooleren und sensibleren meiner Gegenspieler befanden. Es gab natürlich auch welche, die sich völlig normal verhielten und mich im Zweifel einfach umnieteten. Die fand ich eigentlich am besten, denn sie machten keinen Unterschied. Mehr wollte ich gar nicht. Nur ein bisschen spielen, auf einem Niveau, auf dem Fußball noch richtig Spaß macht. Dann nämlich, wenn er etwas schneller gespielt wird als bei den Alten Herren, wenn Laufarbeit dabei ist und Zweikämpfe stattfinden, wenn es intensiv zugeht auf dem Platz. Klar, ich kam da zuweilen an meine körperlichen Grenzen, es war schwer, in meinem Alter noch richtig Tempo zu machen. Aber es gab keinen Grund, es nicht zu versuchen. Wer nie Wettkampfsport erlebt hat, kann sich vermutlich nicht vorstellen, wie verdammt großartig es sein kann, mit übersäuerten Muskeln, aufgeschürften Beinen, einem nass geschwitzten Trikot und qualmenden Socken in der Kabine zu hocken und vollkommen, und ich meine: *vollkommen* erschöpft zu sein. Was in dieser Sekunde auch heißt: einfach nur *glücklich*. Ich kann es nur empfehlen. Es fühlt sich mit 50 Jahren übrigens noch genauso gut an wie mit 18, 25 oder 35 Jahren. (Es dauert aber länger, hinterher wieder schmerzfrei durchs Leben zu kommen.)

Glauben Sie mir, dieses Gefühl ist es wert, sich von ein paar amüsierten Zuschauern auf einem Dorfsportplatz in Lieth verarschen zu lassen. Ob ich auf dem Acker sterben will? Ich weiß genau, was ich dem Fragesteller antworten würde, hätte ich während des Spiels die Zeit dazu: »Wenn ich die Wahl hätte, mein Freund, dann würde ich nirgendwo *anders* sterben wollen. Oder kennst du einen schöneren Platz dafür?«

Check 10: Sportarten

Gute Idee, mit 40 noch zu boxen, mit 50 auf dem Surfbrett zu stehen und mit 80 auf dem Fußballplatz um Punkte zu kämpfen? Oder sollte es inoffizielle Altersbegrenzungen geben, um unsere Veteranen vor sich selbst zu schützen? Einige populäre Sportarten im Alterscheck.

> Golf – eine teure Variante des Murmelspiels.
> *Gilbert Keith Chesterton*

1 Golf

Möglicherweise haben Sie das ja schon herausgehört: Ich bin kein Freund des Golfspiels. Ich möchte es trotz der gebotenen Sympathie für den Mann nicht so plakativ begründen wie der Fußballexperte Mehmet Scholl, der einmal auf die Frage, ob er denn auch Golf spiele, wie viele seiner ehemaligen Kickerkollegen, antwortete: »Ich werde nie Golf spielen. Erstens ist das für mich kein Sport und zweitens habe ich noch regelmäßig Sex.« (Nun gut, Mehmet Scholl war mal *Sportkegler* …)

Es gibt Menschen, die behaupten, Golf sei *mental* total anstrengend. Wie man sich dabei konzentrieren müsse, der Wahnsinn. Und dann diese Anspannung vor dem Putten. Thriller. Aber mal ehrlich: Das gilt doch alles auch für Minigolf! Warum spielt *das* denn keiner? Weil es alberner aussieht und immer nur als B-Lösung an einem verregneten Tag in den Ferien zu Ehren kommt. Minigolf ist einfach nicht sexy, darauf können wir uns einigen. Aber das *richtige* Golfen soll es sein? Okay, Menschen, die sich auf einer topgepflegten weiträumigen Grünanlage bewegen, sehen immer gleich so aristokratisch aus. Vermutlich liegt hierin das Geheimnis seiner Popularität: Wer Golf spielt, darf sich ein paar Stunden der Illusion hingeben, zu den adligen Landjunkern zu gehören, die zwischen Entenjagd und High Tea noch eine kleine sportliche Betätigung benötigen, zur besseren Verdauung. Nur der Ehrgeiz sollte nicht allzu groß sein beim Golfen, sonst behält am Ende noch Mark Twain recht: »Golf ist in Wirklichkeit ein verdorbener Spaziergang.«

2 Fußball

Kurt Meyer ist offenbar mal wieder der Beweis dafür, dass alles möglich ist im Fußball. Opa Kurt, wie er im Pott liebevoll genannt wurde, erzielte 2001 erst das »Tor das Monats«, am Ende des Jahres sicherte sich der Super-Seniorenkicker in der ARD-Sportschau sogar den Pokal für das »Tor des Jahres«. Als er dieses ominöse Tor erzielte, war Kurt Meyer 79 Jahre alt. Halblinks am Strafraumeck hatte er sich im Gesellschaftsspiel der Spielvereinigung Blau Weiß Recklinghausen gegen den FC Jungsiegfried Hillerheide frei gestohlen und den Ball elegant gestoppt, der ihm aus der Tiefe des Raumes zugepasst worden war, dann machte er einen kleinen Schlenker nach rechts und schlenzte die Pille locker in den rechten oberen Winkel. Das klingt in der lapidaren Zusammenfassung nach Real Madrid, das müssen Sie zugeben. Zufällig war ein Fernsehredakteur bei diesem Spiel zugegen, der Rest ist Geschichte. Der Rummel um Opa Kurt war groß 2001, wie konnte das sein, ein fast 80-Jähriger als Aktiver auf dem Fußballplatz? Und hier beginnt diese Geschichte ein wenig, sagen wir: unamerikanisch zu werden. Man kann sich das Tor von Opa Kurt auch heute noch auf YouTube ansehen. Wer sich an einen Helden erinnern möchte, sollte darauf verzichten. Gut, Kurt Meyer bewegt sich auf den Bildern, das ja. Und er schlenzt den Ball mit viel Gefühl in den Giebel des Tores, auch das stimmt. Doch mal ehrlich: Kurt Meyer wirkt ganz schön klapprig in diesem kleinen Filmchen – er sieht genauso alt aus, wie er ist. Es sind keine fließenden Bewegungen, die von ihm zu sehen sind, er wirkt, als drohe er jeden Moment umzukippen. Ich bewundere Kurt Meyer für seinen Willen, er ist mein Vorbild: Auch ich kann also theoretisch 80 Jahre alt werden, immer noch Fußball spielen und das »Tor des Jahres« schießen. Doch falls mir das mal widerfährt: Lieber Gott, lass mich keine Bilder davon sehen.

Fußball ist ein intensives Kampfspiel, das eine gewisse Athletik und Laufbereitschaft, Kampfeswillen und Robustheit voraussetzt. Wer glaubt, man könne im fortgeschrittenen Alter mit untrainierter Rekordwanne einfach mal wieder damit loslegen, macht einen großen Fehler. Der Körper findet in der Regel eine Möglichkeit, sich zu rächen.

3 Schwimmen

Vor einiger Zeit hatte ich das Vergnügen, einmal einen Winter in Sydney verbringen zu dürfen, das heißt: in Deutschland war Winter, in Sydney meistens so um die 30 Grad.

Da ich hin und wieder auch arbeiten musste und das am Strand mit sandgestrahltem Laptop nicht so gut funktioniert, verbrachte ich alternativ viele Stunden in einem Felsseebad namens Wylies in Coogee, einem der grandiosesten Flecken in ganz Australien. Im Laufe der Monate hatte ich so einige Gelegenheiten, Australier beim Baden zu beobachten. Wobei das den Sachverhalt nicht trifft: Der Australier badet nicht. Der Australier schwimmt. Und zwar schnell, ausdauernd und extrem sportlich. Und wir reden hier nicht von 20-jährigen Nixen und Nachwuchs-Ronaldos mit antrainiertem Sixpack. Australier – jedenfalls die in Sydney – beginnen mit dem Wassersport in einem Stadium, in dem sie gerade mal die drei wichtigsten Worte drauf haben (Mama, Papa, Bluebottle) und hören erst damit auf, wenn sie dabei sind, diese Worte wieder zu vergessen. Und was soll ich sagen: Selten habe ich so viele stolze, aufrecht gehende und nicht auf den ersten Blick gegen ihren Körper anlebende ältere Menschen gesehen wie im Wylies: Selbst, wenn die 70-jährige Hausfrau am Morgen nur eine halbe Stunde Zeit hatte: Ihre 10 Runden im Meerwasser des Wylies mussten sein, es schien die perfekte Vorbereitung für den Tag zu sein. John von Düffel, der deutsche Dramaturg und Schriftsteller, schrieb einmal über das Schwimmen in kalten Gewässern: »Es ist ein Glücksgefühl, wenn der eigene Körper zum Panzer wird, wenn die Kälte wie Nadelstiche erfrischend auf der Haut prickelt, es fühlt sich an, auch wenn das jetzt freakig klingen mag, als würde ich in Kohlensäure schwimmen.« Man musste nur in die Gesichter meiner Australier sehen, um sofort zu verstehen, wovon von Düffel da spricht.

Und noch etwas ist mir aufgefallen: Auch in Sydney gab es korpulente Pensionäre, die sich an Land in bedenklicher Seitenlage über den heißen Asphalt schleppten. Kaum aber glitten sie ins Wasser, umgab sie augenblicklich eine Aura der Eleganz: Schnell und flüssig wurden ihre Bewegungen, voller Kraft und Energie bewältigten sie ihr Programm. Ich bilde mir sogar ein, dass sie von innen heraus strahlten – dieser Glanz erlosch erst, als sie nach dem Ende ihrer Schwimmroutine wieder festen Boden unter den Füßen spürten.

Natürlich gibt es auch eine wissenschaftliche Erklärung für dieses Phänomen der gefühlten Schwerelosigkeit: Im Wasser reduziert sich die Schwerkraft immens, alle Bewegungen fallen leichter und geschmeidiger aus, die Gelenke und die Knochen werden geschont, der Kreislauf angeregt. Schwimmen ist also offenbar die eierlegende Wollmilchsau unter den potenziellen Sportarten für einen Menschen, der langsam in die Grauzone kommt: Man sieht gut aus dabei, die Problemzonen befinden sich unter Wasser, es ist nicht sooo anstrengend und überdies gesund. Jetzt muss man nur noch am deutschen Bademeister vorbei ...

4 Boxen

Ich weiß nicht, wie es Ihnen geht, aber früher war der Rummel interessanter. Bei uns im tiefen Westen hieß der Rummel Kirmes, man konnte Tieren bei Kunststücken zusehen, Küken kaufen, in der »Raupe« knutschen und »Autoselbstfahrer« werden, auch schon mit 13. Das Beste aber war die Boxbude. Da standen Herren mit dicker Plauze und geschorenen, glänzenden Schädeln in einer Art Vorzeltarena und wurden von einem großmäuligen Conférencier als »Sindbad, der Seefahrer aus Turkmenistan« oder »Karl, der Koloss aus Köln« angekündigt. Wer einen von seinen Boxern k.o. schlage, der erhalte 100 Mark, warb der Schaumschläger am Mikro um freiwillige Kämpfer aus meiner Heimatstadt. Für den Fall, dass sich kein Mutiger fand, der die Form seiner Nase aufs Spiel setzen wollte, hatte der Kirmes-Boxveranstalter einen seiner Kämpfer vorsichtshalber in der zivilen Menge platziert. Der imitierte im richtigen Moment ein wüstes Wortgefecht mit einem der Profis auf der Bühne, schon hatte man einen Streit inszeniert, der nach einem Duell im Boxring gierte ... Wir wollten natürlich alle sehen, wie das Gemetzel endete. Für fünf Mark waren wir bei dieser Show dabei, sportlich sicher keine Offenbarung. Ich habe dieses Kirmesboxen aber immer noch gestochen scharf vor Augen, es beeindruckte mich damals tief. Nicht ob seines sportlichen Werts, das nicht. Ich war nur erstaunt, ja beinahe schockiert, wie alt die Kirmesboxer schon waren, die da über die Dörfer tingelten und sich von Lokalmatadoren ein bisschen auf den Köbes hauen ließen, bevor sie die heiß gelaufenen Jungspunde kurz und trocken auf die Bretter schickten. Mir taten die Althauer damals leid. Das konnte doch nicht gut und gesund sein, dass die in ihrem Alter noch um Lohn & Brot kämpfen mussten? Andererseits: George Foreman schlug mit 45 Jahren seinen fast 20 Jahre jüngeren Gegner Michael Moorer nieder und durfte sich Schwergewichts-Weltmeister nennen. Offenbar also konnte man auch als älterer Boxer noch erfolgreich sein.

Seit meinen Tagen als Zuschauer im Kirmes-Boxring habe ich hin und wieder Texte über die Wirkung und die Folgeschäden des Boxens gelesen und vermute: Eine gute Idee scheint es langfristig doch nicht zu sein, sich ständig aufs Hirn hauen zu lassen, wie auch der Physiker und Neurologe Friedrich Unterharnscheidt in seinem Standardwerk ›Boxing – Medical Aspects‹ niederschrieb: »Jahrzehnte wissenschaftlichen Forschens und Beobachtens haben uns zur uneingeschränkten Überzeugung gebracht, dass klare Kopftreffer und Zusammenstöße pathologische Veränderungen in der Gehirnmasse hervorrufen. (...) Die Verletzung der Zellstrukturen im Gehirn und seines Kreislaufsystems kann nicht rückgängig gemacht werden. Der einzige sichere Weg, Gehirnschäden zu vermeiden, ist, vom medizinischen Standpunkt aus betrachtet, das Trauma zu vermeiden, das die Schäden verursacht.« Ergo: Besser gar nicht boxen. Egal ob jung oder alt. Andernfalls drohen Ausfallerscheinungen des Gehirns im Alter.

Boxtraining dagegen, da sind sich die Fachleute im Prinzip einig, ist eine ganz andere Geschichte: Es gehört zu den härtesten Drills im Sport überhaupt (wie man ja seit Rocky weiß) und ist auch für Menschen im höheren Alter zu empfehlen – bei entsprechender Konstitution. Bevor man sich den Stallone-Drill gibt, sollte man also wenigstens einmal ein EKG beim Doc seines Vertrauens hinter sich gebracht haben. Aber dann nur zu: »Boxtraining bietet die ideale Kombination von Kraft, Ausdauer und Beweglichkeit«, sagt Dr. Rainer Romberg, ein kampfsportaffiner Allgemeinarzt aus Essen, »kaum eine andere Sportart bezieht so viele körperliche und motorische Funktionen ein.« Gut zu wissen, für den Fall, dass Ihnen Ihr Umfeld mit blöden Sprüchen kommt, wenn Sie sich mit 50 plötzlich ein paar Boxhandschuhe zum Geburtstag wünschen. Aber denken Sie lieber nicht drüber nach, die neu gewonnene Fitness in einem echten Kampf zu überprüfen …

5 Polo

Wenn Golf in den letzten Jahren das neue Tennis geworden ist, dann dürfte Polo wohl als das neue Golf durchgehen. Als Sport nämlich, der eher ein gesellschaftliches Statement und weniger eine pragmatische Möglichkeit ist, sich ohne großen Aufwand ein wenig fit zu machen. Nichts gegen das einfache Reiten, wie der Diplomsportlehrer der Reiterlichen Vereinigung, Thomas Ungruhe, erklärt: »Beim Reiten werden Bauch- und Rückenmuskeln kontinuierlich beansprucht, was den Halteapparat stützt, langfristig die Wirbelsäule entlastet und Rückenschmerzen vorbeugt. Weiterer Pluspunkt: Durch das rhythmische An- und Entspannen der Muskulatur lösen sich Verspannungen.« Besser hätte ich es nicht sagen können – vermutlich, weil ich keine Ahnung vom Reitsport habe. Ich mutmaße nur: Für 14-jährige Mädchen mit Ponypostern im Jugendzimmer dürfte der Reiz, ein Pferd zu pflegen und gelegentlich zu reiten, deutlich größer sein als für Menschen, die weder die Zeit noch die Muße haben, vor den Toren der Stadt nach einem Reitstall Ausschau zu halten und sich vor der Arbeit noch um eine saubere Box zu kümmern. Polospieler hingegen haben ohnehin ganz andere Sorgen, wie ich einem Artikel in einem einschlägigen Magazin entnehmen konnte: Dort werden die zehn häufigsten »Vorurteile« aufgelistet, mit denen der Polosport gerne konfrontiert wird. Am besten haben mir »Polo ist nur für Reiche«, »Polospieler wollen unter sich bleiben« und »Beim Polo trinkt man immer nur Champagner« gefallen.

6 Nordic Walking

Ich schrieb einmal für eine überregionale Sonntagszeitung einen Text über ein damals noch recht neues Phänomen, das »Nordic Walking«. Ich ließ keinen Zweifel daran, dass ich das närrische Treiben mit Stock für albern und von der Sportartikelindustrie inszeniert hielt, daraufhin erhielt ich sehr viele Leserbriefe und auch beleidigte Reaktionen aus meinem direkten ländlichen Umfeld. Nordic Walking, so wurde mir versichert, sei gesund und zudem äußerst kommunikativ, was ich denn überhaupt wolle, ich Schnösel. Meine Damen und Herren, die Sie offenbar den Verlockungen der werbetreibenden Sportwarenbranche auf den Leim gegangen sind: Ich möchte keinesfalls verhindern, dass Sie sich weiterhin in Sechsergruppen durchs bundesdeutsche Unterholz schlagen. Wandern ist gesund und ein ehrliches Vergnügen, da ist gar nichts gegen einzuwenden. Ich bezweifle bloß, dass Sie zum Wandern eine Ausrüstung benötigen, als würden sie bei der Hahnenkammabfahrt und einer Gletscherwanderung gleichzeitig teilnehmen. Ich habe euch beobachtet, liebe *Nordic Walker*. In 99 von 100 Fällen dienten eure Stöcke nur dazu, flüchtenden Joggern ins Bein zu pieken oder mit lautem Klappern grasende Kühe aufzustören. Häufiger noch habt ihr die blöden Stöcke nur hinter euch her geschleift. Kein Nordic Walker, ich wiederhole: keiner der verstockten Wanderer, die mir bislang begegneten, hinterließ auch nur im Ansatz einen sportlichen Eindruck. Nordic-Walking-Gruppen hätten sich auch als »Schwatzkreis« oder »mobiler Stammtisch« verabreden können, wenn das nicht so blöd klingen würde. Ich rate also erneut und dringend von dieser Beschäftigung ab: Unter würdevollem Alter versteht man in unserer Gesellschaft hoffentlich etwas anderes, als dazu verpflichtet zu werden, in signalfarbenem Sportdress mit Skistöcken durch deutsche Wälder zu tapern wie verirrte Kiffer nach einem bunten Abend.

7 Turnen

Schalten Sie mal ein drittes Programm der öffentlich-rechtlichen Sender an, früher Nachmittag am besten. Auf einem der Kanäle läuft sehr wahrscheinlich eine Sendung über Altenheime, die Novellierung der Pflegestufen oder die Überalterung unserer Gesellschaft. Ganz egal, was das Oberthema sein sollte: Im Verlauf des Filmbeitrags wird mit an Sicherheit grenzender Wahrscheinlichkeit eine Szene gezeigt, wie sich ein paar wackere Senioren in Zivil körperlich ertüchtigen. Meistens in einem Gemeindesaal oder einer umgeräumten Teestube. Die Bilder werden begleitet von einem leicht sonderpädagogisch aufgeräumten Text, in dem behauptet wird, das auch der ältere Mitbürger davon profitiere, hin und wieder Sport zu treiben, hier könne man es gleich mal sehen, es heiße: Turnen.

Dass Bewegung dem Menschen nicht schadet, sondern

guttut, ist inzwischen fast überall angekommen. Trotzdem wirken Bilder wie diese immer ein wenig verstörend, wenn man sie als halbwegs mobiler Mensch anschaut: Das soll *Turnen* sein? Im besten Fall sehen wir hier eine Art Bewegungstherapie zum Tee, und das bremst die potenzielle Kundschaft einer missverstandenen Sportart eher, als dass man sich für sie begeistert. Dabei ist »Turnen« oder auch »Gymnastik« keine schlechte Sache, gerade für Leute, deren natürlicher Bewegungsdrang sich im Laufe der Jahre ein wenig eingeschränkt hat. Wenn man es bloß ein wenig besser verkaufen würde. Eine halbe Stunde Gymnastik im Garten oder auf dem Balkon, dehnen, springen, hüpfen, ziehen – dann noch eine halbe Stunde joggen in individuellem Tempo – super Geschichte, in jedem Alter. Oder Kurse im nächstgelegenen Gym unter fachkundiger Anleitung: auch nichts gegen zu sagen. Da darf es ruhig schon einmal ein wenig anstrengender zugehen, gerade in einem Sportstudio sind hin und wieder richtige Drill-Seargents vorrätig. Warum auch nicht, das wäre jedenfalls ganz im Sinne des österreichischen Hochschullehrers Ludwig Prokop: »Der Sport ist dazu da, dass man gesünder stirbt und nicht dazu, dass man länger lebt.«

8 Gym

Früher hießen Orte wie diese Fitness-Center, was ein wenig klingt wie ein Muskel-Discounter à la Penny oder Lidl. Hauptsächlich 18- bis 25-jährige Kraftmeier waren dort anzutreffen, die sich um Hanteln und weiteres schweres Gerät drängelten – es ging um Muckis und Waschbrettbäuche, um nicht viel mehr. Inzwischen sind diese bunten Sportstätten zumeist zu Eventhallen umgewidmet worden, in denen man 1000 Kurse belegen kann: von der Schwangerschaftsgymnastik über Spinning bis zum Tanzen an der Stange, vom autogenen Training bis zum Box-Workout. Ein Fitness-Center heißt auch nicht mehr Fitness-Center, sondern mindestens Muskel-Lounge oder Wellness-Paradies, denn darum geht es: körperliche Anstrengung und Wohlfühlen miteinander zu kombinieren. Klar, es gibt auch noch Fast-Muscle-Betriebe wie McFit, die sich als Zielgruppe echte Kerle ausgeguckt haben. Jungs, die mit dem wachsweichen Mädchenkram in Wellnessfabriken nichts zu schaffen haben wollen. Doch ich gehöre nicht zu ihnen, muss ich zugeben – als mittelalter Sportler weiß ich es zu schätzen, dass in meinem Fitness-Center neben den ganzen Gerätschaften in der Haupthalle auch täglich gefühlte 25 Kurse angeboten werden, die meine unterschiedlichen Problemzonen im Blick haben – meistens sogar noch in unterschiedlichen Schwierigkeitsstufen.

Eine weitere willkommene Begleiterscheinung dieser Veränderung ist es, dass in solchen Etablissements kein Jugendwahn mehr herrscht. Man kann diese Läden betreten, ohne Angst zu haben, als Sugardaddy in Verdacht zu geraten, dem Jungvolk nur auf die wohlgeformten Hintern und Brüste glotzen zu wollen. Im Gegenteil: Der Gym (gesprochen: Dschüm!) hat sich längst zu einer generationenübergreifenden Institution gemausert, in der ein erstaunlich freundlicher Umgangston zwischen Jung und Alt gepflegt wird. Es scheint so, als sei die Aufmerksamkeit für den eigenen Körper in solchen Hallen ein respektables und über jeden Zweifel erhabenes Ziel, das von allen respektiert wird. Und da soll noch mal einer sagen, der allgemeine Körperkult habe bloß schlechte Seiten.

9 Radfahren

Es gibt da keine zwei Meinungen: Radfahren ist ein prima Sport, der bis ins hohe Alter betrieben werden kann und eine ausgewogene Balance zwischen sportlicher Anstrengung und lässigem Wohlbefinden garantiert. Man kann auch noch relativ spät damit beginnen, schließlich: Radfahren hat man vermutlich schon als kleines Kind gelernt – wie es geht, ist prinzipiell also bekannt. Nur auf den Gelsattel sollte der Anfänger achten, wenn der Hintern empfindlich geworden ist, denn so ein Scheuermännchen am Sitzfleisch ist eine schmerzhafte Sache. Und nein, es gibt keinen Grund, gleich mit einem Rennrad der edelsten Kategorie loszulegen. Sie werden feststellen, dass die härteste Prüfung eines Rad-Debütanten nicht die ersten Kilometer am Berg sind, sondern schon im Fahrradladen droht. Dort arbeiten in der Regel Menschen, die sich seit Jahrzehnten mit wenig anderem als Ritzeln, Sätteln, Lenkern und all den Teilen beschäftigen, die so ein schlichtes Rad haben muss. Und diese Leute sind intolerante Gesinnungstäter, sie verachten jeden, der nicht gleich das Beste erkennt und haben will – was erstaunlicherweise auch immer das Teuerste ist! Bleiben Sie hart und entscheiden Sie sich lieber für ein solides Mittelklassemodell – Sie wissen doch noch gar nicht, ob Sie dabeibleiben. Außerdem wirkt es ein wenig albern, wenn Sie für

Ihre Einkäufe im Edeka demnächst mit einem aufgetunten Hightech-Rad vorfahren. Denn das und ein paar Touren in der Umgebung werden die ersten Strecken sein, die Sie als Fahrradanfänger bewältigen. Es dauert ein wenig, bis sich auch Ihre Muskulatur daran gewöhnt hat, dass Sie jetzt offiziell Radsportler sind. Falls Sie sich übrigens fragen sollten, warum es hier beinahe ausschließlich um *absolute beginners* geht, dann kann ich Ihnen eine gute Antwort geben: Menschen, die Radsport schon länger betreiben, brauchen meine Absolution nicht, das auch ein Leben lang beizubehalten. Die haben längst am eigenen Leib gespürt, wie sehr und wie nachhaltig diese Art der sportlichen Fortbewegung für Zufriedenheit und Wohlbefinden sorgt und würden niemals freiwillig damit aufhören.

10 Squash

Okay, es ist nur ein Scherz, dass Squash hier auftaucht. Dieses explosive Vergnügen im Käfig ist ja schon für junge Sportler eine Plage. Als ich den Orthopäden meines Vertrauens in den achtziger Jahren fragte, ob Squash möglicherweise meine Knie belasten könnte, grinste der gute Mann nur. Und behauptete, im Vergleich zu meinen Augen wären die Gefahren für meine Knie eher nachrangig. Man würde sich beim Squashen aber auch gern das Schlüsselbein brechen, die Bänder im Fuß reißen oder muskuläre Probleme riskieren, das ständige rasante Abstoppen, Sprinten, wieder Abstoppen ginge zudem ganz schön auf den Rücken. Und der Schwung beim Ausholen erst – er sage nur: Hüfte! Aus seinem Mund hörte es sich so an, als ob man mit der Entscheidung für diesen in jener Zeit recht populären Sport die Mitgliedschaft in einer Selbstverstümmelungs-AG unterschriebe. Im ersten Jahr habe ich mir keine der aufgeführten Verletzungen zugezogen. Allerdings eine Platzwunde an der Stirn, weil der Schläger meines Gegenspielers und mein Kopf in die gleiche Richtung unterwegs waren. Davor hatte mein Sportarzt mich nicht gewarnt. Ich spiele immer noch sporadisch Squash, und ich gebe zu: Es wird nicht leichter. Zwar stimmt die Balance zwischen geringem Zeitinvestment und maximaler Erschöpfung nach wie vor, aber ob die permanenten Wehwehchen an allen möglichen Ecken des Körpers den Aufwand rechtfertigen? Ich bin raus.

MUSKELSCHWUND? NUR EIN ALIBI

Nur weil alle es tun, muss es nicht richtig sein: Wenn Ihnen ein Sport wirklich Spaß macht, darf es doch keine Altersbeschränkung geben. Oder?

Herr, gib mir die Kraft und den Mut, meinen Körper ohne Ekel zu betrachten.
Charles Baudelaire

Sie sind ja nicht dumm, Sie haben es vermutlich gemerkt: Im letzten Kapitel habe ich mich vor der Antwort gedrückt, wann der richtige Zeitpunkt sein könnte, mit dem Sport aufzuhören. Und woran man diesen Zeitpunkt erkennt. Ist ja auch keine einfache Entscheidung, schon der österreichische Schriftsteller Franz Werfel ahnte: »Zwischen zu früh und zu spät liegt immer nur ein Augenblick.« Damit wir uns nicht missverstehen: Wir reden hier nicht von dieser Art Sport, den man auch noch im hohen Alter ausüben kann. Ich meine den richtigen Sport, bei dem man auch ein wenig transpiriert. Eine Betätigung, die den Kreislauf anregt und die Herzfrequenz sporadisch auf 200 hochtreibt. Manchmal muss es einfach ein bisschen wehtun, wenn man sich hinterher richtig gut fühlen möchte.

Es gibt natürlich einen naheliegenden Grund dafür, dass ich mich in dieser Frage so schlecht entscheiden kann: Ich spiele halt selbst immer noch so gern Fußball, und falls ich mich dabei lächerlich machen sollte, als 52-jähriger Mensch in kurzen Hosen hinter einem Ball herzurennen (eskortiert von deutlich jüngeren Mitspielern), dann möchte ich das eigentlich gar nicht so genau wissen. Mit dem Bezirksligafußball ist nun seit drei Jahren Schluss, widerwillig musste ich mir eingestehen, dass ich mich immer häufiger wie ein Ackergaul unter Rennpferden fühlte. Ob das nun meiner inneren Einstellung, dem äußeren Druck oder biologischen Zwangsläufigkeiten geschuldet war, lasse ich an dieser Stelle bewusst offen. Jedenfalls bin ich jetzt zum zweiten Mal und wohl endgültig bei den Alten Herren angelangt. Man kann dort schon mit 32 Jahren anfangen, und es gibt nicht wenige Fußballer, die genau das tun. Das führt dazu, dass ich auch in dieser Mannschaft wieder der Älteste bin, was aber zum Glück noch kein Thema in der Kabine ist: Um bei den Alten Herren unter Artenschutz gestellt zu werden, muss ich wohl erst 70 werden.

Manchmal passiert es, dass ich mir ein Spiel der Alten Herren oder der nächst älteren Gruppierung, der Seniorenmannschaft, von draußen ansehe. Das ist nie schön. Das Spiel wirkt in meinen Augen ziemlich langsam, seine Akteure in der Mehrzahl schon ganz schön unbeweglich und ungelenk. In diesen Momenten kann ich mir beim besten Willen nicht vorstellen, dass ich auf dem Platz genauso eine erbärmliche Figur abgebe ... Nein, mein eigenes Spiel kommt mir live erlebt immer wesentlich eleganter und schneller vor – jedenfalls deutlich anstrengender als das, was ich als unbeteiligter Zuschauer am Seitenrand erkennen kann. Für diese Ansicht gibt es allerdings keine belastbaren Beweise. Ich schieße nicht überdurchschnittlich viele Tore und laufe auch nicht erkennbar mehr und schon gar nicht schneller als meine Mitstreiter. Vielleicht sollte ich mir ein Spiel auf Video aufzeichnen lassen, um mich einmal über meinen wahren Leistungsstand zu informieren. Mein Bauch sagt allerdings: TU. DAS. NICHT! Möglicherweise hätte ich ja nach solch einer visuellen Wiedergabe meiner verbliebenen Künste einen guten Grund, meine Fußballschuhe an den Nagel zu hängen.

Apropos: Einen guten Rat möchte ich jedem »alten« Fußballer mit auf den Weg geben. Es handelt sich um eine Frage des angemessenen Lifestyles: Wer über 40 Jahre alt ist, sollte um keinen Preis zu diesen modisch giftgrünen, azurblauen oder auberginefarbenen Lackschuhen der Sportartikelproduzenten greifen, die unser Nachwuchs sich ganz selbstverständlich um die Hölzer schnallt und behauptet, es seien Fußballschuhe. Für Kids mag das okay sein, es passt vermutlich auch zu ihren Piercings und Tattoos. Für uns Silver Surfer aber gilt: Es sieht albern aus, sehr albern. Ich halte diese Schuhmode für das sportliche Äquivalent der lustigen Motto-Krawatte. Und die geht ja auch nicht. Bleiben Sie optisch *old school,* wenn Ihnen ein stimmiger Gesamteindruck wichtig sein sollte, ich empfehle den Adidas-Klassiker aus Känguruleder: Coppa Mundial. Schwarz und weiß, kein Zinnober, und dabei prima Qualität. Und jetzt verlassen wir die Verbraucherinformation auch schon wieder und kümmern uns weiter um die inhaltlichen Parameter des Sportlerlebens …

Wo waren wir? Genau, bei den Bauchgefühlen. Ich schätze, das sollte der Maßstab für alle Ihre Entscheidungen sein: das gute, alte Bauchgefühl.

Macht der Sport noch Spaß? Schmerzt der Körper nicht zu sehr? Ist Ihr innerer Schweinehund noch regelmäßig zu besiegen? Dann machen Sie weiter. Oder sendet Ihnen Ihr Bauch (oder Ihr Umfeld) irritierende Signale? Wenn Ihnen die eigenen Mannschaftskameraden den Ball nur noch beim Anstoß zuspielen oder bei der Tennis-Vereinsmeisterschaft vorsorglich ein Defibrillator unter dem Schiedsrichterstuhl deponiert wird, sobald Sie dran sind, dann sollten Sie sich vielleicht ein paar Gedanken machen. Ansonsten würde ich dafür plädieren, einfach weiter am Ball zu bleiben, bis Ihr Knie die weiße Flagge schwenkt oder nicht mehr genügend Mitspieler aufzutreiben sind.

Falls Sie allerdings zu den Menschen gehören, die eigentlich noch ganz gern weitermachen würden, aber von Ihrer Familie oder nahestehenden Bedenkenträgern eindringlich vor Sport gewarnt werden, dann besorgen Sie sich einfach ein paar Ausgaben von ›Men‘s Health‹ oder ›Fit for Fun‹, jedenfalls eines dieser sportiven Lifestyle-Magazine, von denen Sie sicher schon einmal gehört haben. Deren Job ist es schließlich, wissenschaftlich nachzuweisen, dass Sport – selbst in der extrem anstrengenden Variante – niemandem schadet. Nicht einmal für Pensionisten sei es falsch, sich hin und wieder etwas intensiver zu bewegen.

Sollten Sie sich von diesem Kapitel bereits geistig verabschiedet haben und der Meinung sein, das betrifft Sie alles nicht, weil Sie körperlich sowieso nichts tun, sprich: *unsportlich* sind, möchte ich Sie jetzt gleich mit zwei verstörenden Informationen aufrütteln. Ad 1: Der Schutzpatron aller Nichtsportler ist bekanntlich Winston Churchill, der ja beinahe 100 Jahre alt wurde und auf die Frage nach dem Geheimnis seiner Langlebigkeit geantwortet haben soll: no sports! Die Wahrheit hinter dieser hübschen Pointe klingt aber ganz anders. Keinen Sport trieb Churchill nur im letzten Viertel seines Lebens. Vorher reüssierte er als Reiter und Polospieler, als Schütze und Fechter. Von wegen unbeweglich. Erst als Churchill im hohen Alter seine sportlichen Aktivitäten beendete und sich sein Schwerpunkt stetig südwärts neigte, ereilten ihn schwere Schlaganfälle. Man muss das nicht kausal zusammenbringen. Könnte man aber.

Ad 2: Wie vermutet fand ich bei der Recherche zu diesem Buch einen Artikel aus der ›Fit for Fun‹, in dem eine Studie der Universität Uppsala zitiert wird. Daraus geht nicht nur hervor, dass der sportliche Mensch sich über eine höhere Lebenserwartung freuen darf, das dürfte ja hinlänglich bekannt sein. Interessanter ist die Erkenntnis, dass man auch im fortgeschrittenen Alter noch mit Leibesübungen beginnen kann, um seine Langzeitprognose um Jahre zu verbessern.

Ergo: Es ist keineswegs unwürdig oder albern, mit 50 Jahren im Sportgeschäft vorzusprechen und nach einer Beginner-Ausrüstung fürs Joggen, Radfahren oder von mir aus auch Wassertreten zu verlangen. Im Gegenteil: Peinlich und wenig verantwortungsbewusst wäre es viel eher, »Ihre

Knochen dünn, die Bänder steif, die Muskeln schwach und die Adern spröde« werden zu lassen, wie Elisabeth Lange in ihrem amüsanten und informativen Ratgeber ›Älterwerden ist nichts für Feiglinge‹ die Auswirkungen der Faulenzerei beschreibt: »Wer sich nicht bewegt und zu viel isst, wird dick und dicker, oft genug auch krank und kränker.« Da haben Sie es. Schon wieder.

Bleiben wir einen Moment bei Elisabeth Lange. Die ist im Laufe ihrer Recherchen auf ein paar alte Italiener gestoßen, Radfahrer wie Primo (84), Alvaro (83) oder Franco (80). Knorrige Männer mit tiefen Furchen in ihren Gesichtern – und den sehnigen, austrainierten Körpern von 35-Jährigen. Die Herren nämlich gondeln nicht bloß auf dem Hollandfahrrad zwischen Espressobar und Parkbank herum, nein: sie fahren Touren zwischen 80 und 150 Kilometern am Stück mit ihren Rennrädern über die Pässe in der Toskana, zum Teil mit halbstündigen Bergaufpassagen. Die Herrschaften betreiben intensiven Leistungssport, anders kann man das nicht sagen. Und sie tun es nicht, um sich zu quälen oder auf Teufel komm raus ihr Gewicht zu halten, nein, keineswegs: Sie tun es, »weil es sie gesünder und glücklicher macht als andere Männer ihres Alters«!

Vorsicht, rufen nun die Bedenkenträger aus der Sofaecke: Ist das nicht ein wenig übertrieben? Was ist mit dieser fiesen Geschichte, dieser *Sarkopenie,* die angeblich bereits mit dem 25. Lebensjahr ihre schreckliche Regentschaft über die Muskulatur aufnimmt? Sarkopenie ist der Fachbegriff für einen schleichenden Niedergang der Muskeln: Ein Prozent der gesamten Muskelmasse soll sich pro Jahr vom Menschen verabschieden. Und wo die Muskeln gehen, füllt der Körper die Leerstellen mit Fett auf. Doch ist das wirklich ein zwangsläufiger Prozess? Achim Conzelmann, Professor für Sportpsychologie an der Universität Kiel, bestätigt, »dass die Trainierbarkeit von Kraft und Ausdauer bis ins hohe Alter weitgehend konstant bleibt«. Warum zum Teufel sieht man das den meisten Alten dann nicht an? Ganz einfach: Es hat mit Unterforderung zu tun und mit der Kraft der sich selbst erfüllenden Prophezeiung. Um ein weiteres Mal die gute Elisabeth Lange zu zitieren, der ich vermutlich ein Feueropfer bringen werde, weil sie mir aus dem Herzen spricht: »Glauben wir ... daran, dass die Jahre uns unweigerlich schwach machen, dann rühren wir uns bald nicht mehr und warten ab, bis wir tatsächlich altersschwach werden. Und der Körper verwaltet seine Ressourcen nun mal nach dem Prinzip: *Use it or loose it.*«

Unter diesem Gesichtspunkt sollte ich die Entscheidung, mich bereits mit 49 aus dem Bezirksligafußball verabschiedet zu haben, vielleicht noch einmal überdenken ... Doch ich fürchte, ich müsste andernfalls das Programm wiederholen, das mich vor 10 Jahren kurzfristig wettbewerbsfähig machte. Ob ich mich dazu wieder aufraffen könnte, ist fraglich. Trotz all dieser neuen Erkenntnisse. Mein Reservoir an Willensstärke ist offenbar begrenzt – und meine körperlichen Voraussetzungen überschaubar.

IM VORHOF DER HÖLLE

Früher verlebte man an diesen Plätzen prima Nächte,
an die man sich selten erinnern konnte.
Heute erinnert man sich viel zu gut daran,
obwohl die Abende meistens sehr kurz sind.

Es gibt kein Verbot für alte Weiber,
auf Bäume zu klettern.
Astrid Lindgren

Neulich fand ich mich an einem Ort wieder, der mir wie der Vorhof der Hölle erschien. Um ihn überhaupt betreten zu dürfen, musste ich mich schon am Eingang in jeder erdenklichen Hinsicht erniedrigen. Ein korpulenter Mann mit rasiertem Schädel wies mir erst nach einer längeren Wartezeit mit einer arroganten, fast mitleidigen Geste den Weg ins Innere. Er führte mich durch einen dunklen Gang zu einer Treppe. Es ging abwärts. Ich passierte unwillkürlich geduckt einen längeren Kellergang, öffnete eine Schwingtür und fand mich schließlich in einem schummrig beleuchteten Raum wieder. Ein kurzer Rundblick bestätigte meine Vorahnung: Hier drin kannte ich nicht nur niemanden. Es war auch keiner in meinem Alter da, den ich überhaupt hätte kennen können. Auf der einen Seite des Saals hockten Menschen auf hell schimmernden, womöglich weißen Ledersesseln und Bänken. Gegenüber balgte sich ein Menschenknäuel vor einer neonrot und blau schimmernden Theke. Cocktailgläser mit Ananas- oder Kiwistückchen an den Rändern wurden gereicht; 20-Jährige, die entweder gekleidet waren wie Obdachlose oder adelige Internatszöglinge, nahmen gelangweilt Wodkaflaschen und Champagner entgegen, der rege Tausch von Geldscheinen und Alkohol ebbte nicht ab. Dazu herrschte ein Lärm, der in meinen Ohren einen entsetzlich atonalen Eindruck hinterließ. Er erinnerte mich an einen Cartoon, den ich kürzlich gesehen hatte: Zwei Großbürger treten mit hoch erhobenen Nasen aus einem Konzertsaal, an dessen Wand noch das aktuelle Programm hängt: »Tinnitus«. Sagt der eine zum anderen: »Ich habe gar nichts gehört!« Antwortet der andere: »Sei froh!«

Auf der Tanzfläche dieses Etablissements zuckten Menschenleiber, als ob sie von regelmäßigen, gerade noch erträglichen Stromstößen gepeinigt würden. Lustvoll und fröhlich wirkten sie dabei nicht, wenn ich die gestressten Mienen der meisten Tänzer richtig deutete, schien ihnen die Musik genau wie mir keine große Freude zu bereiten. Offenbar verstand ich einfach ihre Codes nicht!? Was könnte junge Menschen dazu veranlassen, gleichzeitig den Mund zu verziehen, mit dem Fuß aufzustampfen, die Hände in die Luft zu werfen und sich dabei das Becken zu verdrehen? Schmerzen? Wut? ADHS? Für mich sah das aus wie der Versuch, sich selbst den Teufel auszutreiben. Nach einigen

Minuten an diesem Ort gab ich es auf, einen neuen, etwas erträglicheren Musiktitel zu erwarten, denn ich realisierte, dass der DJ hier drin an einem homogenen Klangteppich arbeitete. Die Widererkennbarkeit einzelner Stücke war ihm gleich, seine Übergänge inszenierte er so diskret, dass man schon genau hinhören musste, um sie überhaupt zu bemerken. Für mich klang die Musik, als sei ich beim Soundingenieur eines Düsenjägers zu Gast, der im Hintergrund noch HIT FM auf einem Transistorradio plärren ließ.

Glauben Sie mir: Man schämt sich, wenn man so etwas über die Musik in einem Club denkt, der zu den angesagteren Läden in ganz Berlin gehört. Mindestens. Und fühlt sich wie sein eigener Vater, der die »Yeah Yeah«-Musik seiner Brut damals ja auch nicht mochte und genauso wenig verstand wie ich das sägende Elektrogefrickel an diesem Abend. Aber es war ja nicht nur die Musik: Was hatte ich überhaupt in solch einem Laden verloren? Was versprach ich mir davon, mich hier unter die eingeweihten Hipster einer Stadt zu mischen, in der ich nicht mal lebte? Bevor ich den Club in Berlin tatsächlich betrat und sich mein ganzer Plan binnen einiger Sekunden in eine Ausgeburt des Aberwitzes verwandelte, hatte es wie eine gute Idee geklungen: Es müsse doch ganz interessant sein, dachte ich, das Geheimnis eines solchen Clubs mal mit eigenen Augen zu ergründen. Er war als Schauplatz eines Underground-Romans zu Ehren gekommen, selbst in Madrid oder New York erzählte man sich die tollsten Geschichten über seine Qualtitäten. Angeblich verkehrten hier so ziemlich die interessantesten Menschen Berlins, ach was: des vereinten Europas. Mein Plan also lautete: Einfach mal wieder an einem kreativen Knotenpunkt der Gegenwart feiern, mit Leuten ins Gespräch kommen. Vielleicht sogar ein wenig tanzen. Ich hatte bloß eine ungefähre Vorstellung davon, was mich dort erwarten würde und wie es sich anfühlen könnte. Oder anders ausgedrückt: Ich hatte darauf verzichtet, mir eine konkrete Vorstellung von diesem Abend zu machen. Dabei hätte ich bloß zwei Minuten darüber nachdenken müssen, was ich als 20-Jähriger in einem solchen Club gesucht hätte. Und was ich als 50-Jähriger darin sicher nicht mehr finden würde: ein zeitgenössisches *momentum*. Potenzielle Freunde. Sex.

Dieser Abend war schon aus mindestens zwei Gründen zum Scheitern verurteilt. Menschen, die zur Avantgarde (oder auch nur einer gemeinsamen Peergroup) einer Stadt zählen, sind in einem Geflecht sozialer, gesellschaftlicher, kreativer und politischer Interaktion miteinander verbunden: Man erkennt sich an seinen Codes, einem Amalgam aus Riten und Gebräuchen, das sich durch die gemeinsame Präsenz in Restaurants, Galerien, Universitäten, Clubs, Stadien oder von mir aus auch Salons oder Aktionsgruppen verfestigt hat. Wer zu solch einer Gruppe gehören will, muss seinen Status immer wieder bestätigen, um sich gut aufgehoben zu fühlen – und das kostet Energie und Zeit. Selbst Menschen, die noch nie ein Wort miteinander gesprochen haben, teilen wie durch geheime Absprachen die gemeinsame Vorliebe für eine thailändische Garküche, den Blog eines Internetgurus oder denselben kultigen Kiosk in einer Schrebergartensiedlung in Friedrichshain, sie lesen die gleiche Zeitung (wenn sie überhaupt noch Zeitung lesen), wissen, wo Rainald Goetz seinen »unbedingten Willen zur Zeitgenossenschaft« auslebt und wer Santigold ist (und vielleicht sogar, warum es gerade keine schlechte Idee ist, sie zu hören). Sie dechiffrieren die kleinen Zeichen, die schon am Eingang des Clubs versendet werden und weisen durch die Wahl der richtigen Garderobe, des passenden Haarschnitts oder auch nur der lässigen Körpersprache, mit der sie dem Türsteher begegnen, eine Zugehörigkeit in dieser Szene nach, in der ich an diesem Abend (und an allen anderen) zwangsläufig ein Fremder bleiben musste.

Das hat nur indirekt mit meinem Alter zu tun. Am Beispiel von Rainald Goetz ist ja zu erkennen, dass man auch mit 50 Jahren aufwärts noch vitaler Bestandteil einer Subkultur sein kann. Man muss es nur bedingungslos wollen und einen Großteil seiner Energie darauf verwenden, sich seinen Platz darin zu verdienen. Was aber nur funktioniert, wenn die intrinsische Begeisterung für solch eine Szene auch mit 30 oder 40 Jahren nicht nachlässt und nichts anderes an ihre Stelle tritt. Wer sich dafür entscheidet, aus dem Nachtleben einer Stadt auszusteigen, weil er möglicherweise ein Studium beendet, eine Familie gegründet hat oder einfach zu müde geworden ist, sich den alltäglichen Ritualen dieser Szene zu unterwerfen, der hat diesbezüglich ein Problem. Er will nicht länger neue Musik hören, viel Alkohol trinken und fortwährend Sex mit wechselnden Partnern haben. Doch nicht viel mehr ist es, was solch eine Szene im Innersten zusammenhält: die Lust auf vielfältige hedonistische Vergnügungen, Götzendienste und eine Menge Zeit. Wer da nicht mehr Vollzeit mitbietet, ist innerhalb weniger Monate in dieser Szene ein Fremder, der immer weniger von ihren Signalen versteht – und verdaut. (Das ist ein Grund dafür, warum 45-jährige Barmänner oder weibliche Servicekräfte in solchen Etablissements auch außerhalb ihrer Dienstzeiten das Leben von 30-Jährigen in der modischen Verpackung von 20-Jährigen führen und *immer* müde sind.)

Man kann es drehen und wenden, wie man möchte, aber in jungen Jahren ist eine Diskothek, eine Tanzbar oder ein Club in erster Linie ein großer Kontakthof. Natürlich definiert man sich durch seine Präsenz in einer bestimmten Szene auch als politisches, gesellschaftliches oder kreatives Individuum in seinem eigenen bevorzugten Universum, von denen zahlreiche gleichzeitig nebeneinander existieren, ohne sich jemals zu kreuzen. Doch innerhalb jedes einzelnen dieser parallelen Universen geht es darum, seine Menschen zu finden, mit denen man eine Beziehung führen oder ins Bett gehen kann. Was nimmt man dafür nicht alles in Kauf? Stundenlang erträgt man es, in dunklen Kellerbuden viel zu laute Musik zu hören, zu viel Alkohol zu trinken, absurde Unterhaltungen zu führen in einer Lautstärke, die eigentlich zum Hörsturz führen müsste und am nächsten Tag aufzuwachen neben einem Kübel von Villeroy & Boch oder noch etwas Schlimmerem mit einer eigenen Telefonnummer. Warum ist Partnersuche eigentlich immer mit Kopfschmerzen verbunden und langen Nächten an Bartresen, wieso verhindert Gott nicht, dass so ein hässlicher Begriff wie der des »Restefickens« sich mit durchwachten Nächten in netten »Lounges« verlinkt?

Wer die jungen Leute im zeugungsfähigen Alter betrachtet und ihre raffinierten Techniken der Sublimierung durchschaut, wird wohl kaum übersehen können, was sie in erster Linie alle dort suchen. Partner finden für den Sex. Menschen, mit denen sie Körperflüssigkeiten austauschen können. Ich möchte nicht, dass Sie mich missverstehen: Sex und der Wunsch nach Schmetterlingen im Bauch ist auch für den älteren Herrn und die reifere Dame ein Thema, das hört nie auf. Es gibt aber ab einem bestimmten Punkt im Leben zum Glück keinen unmittelbaren Zusammenhang mehr zwischen Orten wie einer Diskothek oder einem Club und der Möglichkeit, amtlichen Beischlaf zu bekommen. Ich behaupte nicht, dass die »erwachsenen« Wege ins Schlafzimmer romantischer oder gar reifer wären – sie sind manchmal einfach nur zynischer und effizienter, auf jeden Fall aber komfortabler. Und was den Wunsch älterer Menschen nach schnellem Sex angeht, verweise ich auf das folgende Kapitel.

Ich verließ den Vorhof der Hölle ungefähr 15 Minuten nach meinem Eintreffen. Um überhaupt eingelassen zu werden, hatte ich mehr als eine Stunde in einer Schlange verbracht, die hauptsächlich aus jungen Leuten bestand, die alle so aussahen, als seien sie aus der amerikanischen sechziger Jahre Retroserie ›Mad Men‹ entlaufen. Sie musterten mich aus den Augenwinkeln, ich spürte, dass ich mich in ihren Augen lächerlich verhielt, obwohl ich dasselbe tat wie sie. Und sie hatten ja recht: Ich hatte in ihrem Laden, in ihrem Nachtleben nichts mehr verloren. Wenn ich den Türsteher gekannt hätte und locker an ihm vorbeimarschiert wäre, okay – DAS wäre möglicherweise toleriert worden, seht mal, ein *Alter Herr*. Doch eine Stunde vor einer bewachten Kordel zu warten, um dann nach 15 peinigenden Minuten wieder zu fliehen – das war mal eine erbärmliche Bilanz, selbst nach meinen bescheidenen Kriterien.

Anderseits aber hatte ich an diesem Abend immerhin eine gute Antwort auf die Frage erhalten, die mich nun schon eine ganze Zeit umtreibt: Was zum Teufel veranlasst Menschen, freiwillig eine »Ü30-Party« zu besuchen?

Und wenn Ihnen der Zusammenhang jetzt nicht sofort klar sein sollte und Sie theoretisch schon in einem Alter sind, um für solch eine Party in Frage zu kommen, dann empfehle ich Ihnen selbst mal einen bunten Abend in solch einem *hippen* Etablissement. Es muss nicht mal in Berlin sein.

DER REST IST TURNEN

Wie sich der Sex mit zunehmendem Alter verändert. Und warum es irgendwann ein wenig lächerlich wird, den Frauen nachzusteigen.

Essen und Beischlaf sind die
beiden großen Begierden des Mannes.
Konfuzius

Mit über 50 bin ich längst aus dem Alter raus, in dem man ständig den Frauen hinterherschauen müsste. Zudem würde ich mich als glücklich verheiratet bezeichnen, wobei man meine Frau mal getrennt von mir befragen sollte, aber das ist eine andere Geschichte. Trotzdem muss ich zugeben: Hin und wieder sehe ich eine Frau, die nicht die meine ist, und denke: Mit der möchtest du jetzt auf der Stelle feinen Sex haben. Oder falsch, gedacht wird in solch einem Moment ja nicht. Es ist mehr so ein Stürmen und Drängen, jedenfalls ein sehr körperlicher Impuls und weniger das Ergebnis eines ausformulierten Gedankens. Falls Sie das absurd finden, verweise ich auf einen glaubwürdigeren Menschen als mich, auf Schopenhauer nämlich, einen Herrn, der zu den profundesten Denkern gezählt wird, den die Geschichte der Philosophie hervorgebracht hat. Eben jener hat es schon seinerzeit sehr eindeutig formuliert: »Alle Verliebtheit, wie ätherisch sie sich auch gebärden mag, wurzelt allein im Geschlechtstriebe, ja ist durchaus nur ein näher bestimmter, spezialisierter, wohl gar im strengsten Sinne individualisierter Geschlechtstrieb.« Das abzustreiten, wäre albern. (Und Konfuzius, siehe oben, kam ja zu einem ähnlichen Ergebnis.)Ich werde es jedenfalls nicht tun. Und das ist auch in Ordnung, andernfalls hätte unsere Spezies ja ein vitales Problem.

Dieser Trieb, von dem Herr Schopenhauer spricht, scheint im Alter nicht abzunehmen. Jedenfalls habe ich persönlich davon auch nach meinem 50. Geburtstag noch nichts bemerkt. Ich wäre, ganz ehrlich gesprochen, nicht mal besonders unglücklich darüber, wenn *la stamina* sich so langsam mal auf das Wesentliche beschränken und ausschließlich bei meiner Frau warmlaufen würde. Das wäre auf längere Sicht ein deutlich komfortableres Arrangement, als ständig mit den Versuchungen in der Welt da draußen konfrontiert zu werden. (Und damit sage ich keinesfalls, dass die Welt da draußen durch mein bloßes Erscheinen in Versuchung geführt würde, ich bitte das hier eindeutig als sozusagen einseitiges Verlangen zu verbuchen, ich mache mir da keine Illusionen.)

Aber man kann sich offenbar mit diesem Verlangen nicht gütlich einigen. Es verhält sich da wie mit einer Grippe. Um zu verhindern, dass hin und wieder eine ausbricht, dürfte man das Haus gar nicht mehr verlassen. Also, noch einmal:

Ich sehe eine attraktive Frau, die nicht die meine ist und unwillkürlich startet das übliche Programm: Ich beurteile, ob sie meinem Beuteschema entspricht und drehe, falls die Antwort positiv ausfällt, schon mal ein paar Bilder fürs Kopfkino, die man sonst nur bei YouPorn zu sehen bekommt. (Seitdem ich Hank Moody in ›Californication‹ gesehen habe und weiß, dass er ein populärer Serienheld ist, mache ich mir keine Sorgen mehr darüber – ich scheine in der Hinsicht ein ganz normaler Mann zu sein.)

Mein Gehirn setzt erst ein paar Sekunden später wieder ein. Meistens mit einer kurzen Zurechtweisung an mich selbst: »Alter, mach dich nicht lächerlich!« Und dann gehe ich weiter. Den Wunsch, dringend und sofort Sex mit einem Menschen zu haben, den ich nicht kenne oder zumindest nicht sehr gut, finde ich nun zwar einen Moment lang sehr reizvoll, in der Theorie. Aber ich bin inzwischen alt genug, um ihm nicht über den Weg zu trauen. Ich weiß, dass ich bloß ein Mann bin, in dem der Evolutionsauftrag sich meldet wie ein glimmendes Feuerchen, das immer mal wieder kurz aufflackert, aber sicher keinen amtlichen Flächenbrand mehr entfachen wird. Früher, als ich jünger war, hätte ich in diesen Situationen mein ganzes Leben aufs Spiel gesetzt. Nicht buchstäblich, nur im übertragenen Sinne: Ich hätte versucht, mit dieser Frau ins Gespräch zu kommen, zu flirten, eine Menge Gründe dafür zu entdecken, sie bedingungslos großartig zu finden. Und ich hätte alles dafür getan, etwas schnellen, bedeutungslosen Sex zu bekommen.

Dass ich in jungen Jahren mit jeder Frau ins Bett gestiegen bin, die ich attraktiv fand und die nicht gleich geflüchtet ist, mag jetzt für den ein oder anderen Leser ein wenig befremdlich klingen. Aber mal ehrlich: Bin ich darin wirklich eine Ausnahme? Schauen Sie sich doch einfach mal genauer um. Dass in der abendländischen Kultur die Herrschaft der exklusiven Zweierbeziehung fortdauert und der Großteil der Paare, die man kennt, allein den Begriff »offene Beziehung« für eine Botschaft des Leibhaftigen hält, ist ja nur die eine Seite der Wahrheit, die offizielle, sozusagen. Auf der anderen Seite lesen wir in den einschlägigen Magazinen täglich von Menschen, die sich offenbar nicht an die unausgesprochene Exklusivvereinbarung mit ihren Partnern halten konnten. Und dass das in der Regel sogenannte Stars sind, die alle Details über ihren aushäusigen Sex in der Zeitung lesen dürfen, jedenfalls Personen des öffentlichen Lebens, macht den Rest der Menschheit ja nicht zu Unschuldigen. Sie wissen es, ich weiß es: Nicht nur Dieter Bohlen, die Herren der Ergo-Versicherungsgruppe oder, sagen wir: Bayerns Ministerpräsident Horst Seehofer sind Menschen mit partnerschaftlichen Mehrfachbelegungen, auch Kollege X oder Obstfrau Y war bereits in gefährliche Liebschaften verwickelt, die dem offiziellen gesellschaftlichen Verhaltenskodex aber so gar nicht mehr entsprechen wollten. Es steht halt nur nicht gleich in der Zeitung, sondern muss dem privaten Funkverkehr entnommen werden.

Sie merken schon, ich tue mich ein wenig schwer damit, meine jugendlichen Sünden zu rechtfertigen. Der Hinweis darauf, dass es alle tun, oder jedenfalls sehr viele, macht es ja im Einzelfall nicht weniger kompliziert. Ich sage nicht verwerflich oder benutze einen anderen moralisierenden oder wertenden Begriff, ich sage ausdrücklich: kompliziert. Denn unproblematisch war es noch nie, gegen seine, nennen wir es: natürlichen Bedürfnisse zu arbeiten. Aber, und damit sind wir wieder beim Thema: Mit zunehmendem Alter wird es einfacher, glauben Sie mir. Und das hat nichts damit zu tun, dass Ihr Partner seine Moralvorstellungen überdenken oder seine Einstellung zur Eifersucht verändern würde. Nein, keinesfalls. Wenn Sie nicht mit einem Menschen zusammenleben, der sexuelle Kontakte außerhalb der Beziehung ausdrücklich toleriert, dann bleibt der schnelle Sex mit einer Zufallsbekanntschaft oder sogar eine regelmäßige Affäre mit der Kollegin im Büro ein heikler Konflikt, dem man nur durch strikte Geheimhaltung entkommt. Oder ... Sie lassen es einfach sein, so wie ich. Und zwar nicht, weil Ihnen nicht hin und wieder danach wäre. Sondern weil der Preis viel zu hoch wäre für das bisschen Sex, das Sie bekommen.

Ich will Ihnen erklären, was ich sagen möchte: Wir könnten vielleicht wirklich Sex haben, diese Frau, die nicht die meine ist, und ich. Ich gebe zu, die Vorstellung hat im ersten Moment immer noch einen gewissen Reiz. Ich nehme an, das ist der Stürmer & Dränger in jedem Mann, der sich Lernprozessen und Erfahrungen der Vergangenheit widersetzt wie ein störrischer Esel und der einfach stumpf sein Programm abspult. Doch ein kurzer Moment der Reflexion reicht, und es fällt mir wieder ein: Damals war der Sex bei solchen Gelegenheiten vielleicht wild, er war fremd, er war experimentierfreudig und überraschend, er war, nun ja: irgendwie exzessiv. Was er allerdings selten war, und es hat eine Ewigkeit gedauert, bis ich mir das eingestehen konnte: Er war nicht gerade erfüllend. Selbst mit meinen Partnerinnen, die länger als eine Nacht, einen Monat oder sogar ein Jahr blieben, war der Sex in erster Linie eine verzweifelte Suche, ein Fischen im Trüben, ein unsicheres Ausprobieren der eigenen sexuellen Identität. Nicht aber der Ausdruck einer wie auch immer gearteten partnerschaftlichen Übereinstimmung. Es war, da darf man sich nichts vormachen, bloß eine subtile Form der Selbstbefriedigung. Über die der smarte Kabarettist Werner Schneyder einmal sehr treffend gesagt hat, dass es sie gar nicht gäbe, das sei ja das Perfide daran. Es ist nicht so, dass ich das nicht schon in jungen Jahren gespürt hätte.

Früher aber führte diese Erkenntnis nicht dazu, mit dem ganzen Gewese aufzuhören, im Gegenteil. Mit dem bisschen Weisheit aber, das selbst Männern im fortgeschrittenen Alter zusammen mit Falten und Rückenproblemen zugestanden wird, habe ich mich entschlossen, in dieser Hinsicht keine Kompromisse mehr zu machen. Es lohnt sich nicht. Der Sex, den man in solchen Momenten erlebt, ist es einfach nicht wert.

Ich weiß noch, dass wir es damals alle doof fanden, wenn jemand den Begriff »Liebe machen« dafür verwendete, wenn es im Schlafzimmer zur Sache ging. Ich machte doch keine Liebe. Ich ackerte mich durch das Kamasutra, jedenfalls durch die Kapitel, die ich meinem Körper ohne große Verletzungsgefahr abverlangen konnte. Ich probierte vieles aus und hätte das, was ich, was wir da taten, jederzeit einen guten Fick genannt. Aber sicher nicht Liebe machen. Heute habe ich viel weniger Sex als früher. Es ist nicht so, dass er keine Rolle mehr spielt, er ist nicht direkt unwichtig. Es kommt halt nicht mehr so häufig dazu. Und wenn, dann ist er sehr viel bedachter, sehr viel bewusster, sehr viel ruhiger als früher. Ich muss immer lachen, wenn ich an ein Zitat von Birgit Querengäßer denke aus ihrem sehr amüsanten Sex-Ratgeber ›Die feine Art des Vögelns‹. Sie schreibt: »Beim Sex gibt es nur drei Stellungen. Der Rest ist Turnen.« Da hat sie völlig recht. Und das bezieht sich keineswegs nur auf den körperlichen Aspekt der Sexualität.

Ich turne nicht mehr, davon können Sie ausgehen. Ich weiß, was ich mag, und ich weiß, was meine Frau und ich mögen. Wir müssen uns nichts mehr gegenseitig beweisen, der Leistungsgedanke hat sich aus dem Sex im fortgeschrittenen Alter verabschiedet, zugunsten einer routinierten Selbstsicherheit und der wohlwollenden Bereitschaft, Sex als hauptsächlich partnerschaftlichen Akt aufzufassen. Das klingt jetzt vielleicht für Menschen diesseits der 40 ein wenig desillusionierend oder langweilig, das mag sein. Aber ich kann nur so viel dazu sagen: Dass guter Sex eine Sache ist, die eher zwischen den Ohren als zwischen den Beinen entschieden wird, weiß ich auch erst seit einigen Jahren. Deshalb sehe ich jetzt hin und wieder eine Frau, die die meine ist und denke, mit der möchtest du jetzt Liebe machen. Und genau so fühlt es sich dann auch an.

Check 10: Brennpunkt Mode (1)

Über Geschmack lässt sich nicht streiten? In modischen Dingen sehr wohl. Es gibt Schuhe, Hosen & Kleider, die kein Mensch mehr tragen sollte, der schon mal bei der Krebsvorsorge war.

Wer Jogginghosen anzieht,
hat die Kontrolle über sein Leben verloren.
Karl Lagerfeld

Das geht nicht mehr, wenn Sie schon ein bisschen älter sind:

1 Bunte Sneakers

Wussten Sie, dass es eine *Sneakerness* gibt? Das ist keine philosophische Haltung, die das Tragen von lustigen Turnschuhen zum Lebensinhalt machen würde (obwohl so etwas nicht unwahrscheinlich klingt, wenn man den Hype der letzten Jahre um bunte, formschöne Turnschuhe in Rechnung stellt.) Nein, *Sneakerness* ist eine Art Turnschuh-Messe. In Bern 2008 ins Leben gerufen, findet die Eventshow in jährlich wechselnden europäischen Metropolen statt. All diese Veranstaltungen verbindet die Kombination aus bunten, hippen Schuhen und bunten, hippen Fans. Jünger und cooler geht nicht, die Sneakers-Kultur lebt von der Begeisterungsfähigkeit und unbedingten Szenegläubigkeit ihrer Klientel. So hatten im Sommer 2012 über 60 junge Leute auf dem Gehsteig vor einem Schuhgeschäft im Hamburger

Schanzenviertel campiert, um auf jeden Fall ein Paar der begehrten »Nike Air Yeezy 2«-Schuhe zu erwerben, die dort – und nur dort – für schlappe 260 Euro angeboten wurden. Natürlich nur in ganz kleiner Auflage. Da muss man schon ein wenig irre (oder jung, begeistert, naiv, leidenschaftlich) sein, um bei diesem PR-Irrwitz einzusteigen. Es wäre ja auch ein wenig albern, wenn man noch als *thirty-somethings* darauf bedacht wäre, um jeden Preis die heißeste Nike-Kreation der Saison zu erwerben. Nur Menschen im Alter von Justin Bieber dürften bei dessen Beichte beifällig mit dem Kopf nicken: »Ich liebe knallig bunte Sneakers!« Für den Rest gilt: Bunte Turnschuhe sind maximal im Gym erlaubt, wenn in den Dingern tatsächlich Sport getrieben wird. Und selbst da ist es schon etwas grenzwertig.

2 Baggy Pants

Es gibt nicht viele Gründe, nach Florida auszuwandern. Das Wetter möglicherweise und das Meer, vielleicht noch die Nähe zur Disney World ... Ein Grund allerdings wurde bislang schmählich vernachlässigt: In Riviera Beach in Florida sind Baggy Pants verboten. Das heißt: Jungs, die ihre Hosen locker auf der Kniekehle sitzen haben und freien Blick auf ihre Marken-Boxershorts gewähren, werden in Riviera Beach sofort von der Straße entfernt, ihnen wird also quasi der Hosenboden lang gezogen. (Übrigens gilt dieses Verdikt auch noch in einem Kaff namens Delcambre in Louisiana, aber da möchte man ohnehin nicht sein.) Normalerweise bin ich gegen solch eine Modediktatur, doch in diesem Fall habe ich ein gewisses Verständnis für den Seufzer einer Bürgerin in

Florida, die laut ›Spiegel online‹ gesagt haben soll: »Ich habe es satt, auf anderer Leute Unterwäsche gucken zu müssen!« Und das ist ja noch das kleinste Problem. Oftmals erlaubt der Labber-Look des jungen Baggy-Pants-Trägers gleich einen Blick auf die Poritze, in Kennerkreisen auch als »Monteur-Dekolleté« bekannt. Und das ist kein schöner Anblick. Laut der ›Palm Beach Post‹ entschieden sich in einer Bürgerabstimmung dann auch 72 Prozent der Anwohner von Riviera Beach für das Verbot der tief sitzenden Hose. Selbst Barrack Obama mischte sich, wenn auch ambivalent, in die Debatte ein: Die Jungs sollten ihre Hosen einfach hochziehen, aber ein Gesetz brauche man deshalb noch lange nicht, ließ er übermitteln. Darüber kann man geteilter Meinung sein, zumal überhaupt nicht einzusehen ist, was die Hose in der Kniekehle zu suchen hat! Die Polizei gibt zu bedenken, dass man darin sogar Waffen verstecken könnte. Na gut: Möge man die Baggy Pants einem Pubertisten und Rap-Fan als modische Sünde gerade noch so durchgehen lassen, so ist solch eine Hose für einen Herrn mittleren Alters in jedem Fall eine Katastrophe. Ich würde die Täter nicht gleich einsperren lassen, das nicht, aber ich plädiere für sofortige Entmündigung, so ähnlich wie bei Britney Spears.

3 Doc Martens

Ursprünglich von einem Deutschen für die harte Arbeit auf dem Feld und in der Fabrik konzipiert, entwickelte sich der Schuh zum weltanschaulichen Passepartout für die unterschiedlichsten Jugendbewegungen. Punks, Skinheads, Gothic-Grufties, Glamour-Rocker – mit ein wenig Farbspray ließ sich die Fußwaffe mit der Stahlkappe für ziemlich viele Zwecke und Botschaften einsetzen. Sogar in Hollywood hielt der Doc Martens hin und wieder Einzug, als optisches Gegengewicht zu den feenhaften Fähnchen junger Darstellerinnen wie etwa Keira Knightley oder Chloë Sevigny. Allerdings endete die Zuständigkeit dieser Fußbekleidung meistens mit dem Eintritt in eine Lebensphase, die gemeinhin als Erwachsensein definiert wird. Oder wie es die ›Welt am Sonntag‹ in ihrer Würdigung des »Dr. Martens« (wie der Schuh korrekt heißt) als »Billy-Regal für die Füße« so trefflich beschrieb: »Docs sind zum Inbegriff jugendlichen Aufbegehrens geworden. (…) Ein Schuh gewordenes *Fuck you.*«

Nun, nichts gegen ein *Fuck you* zur rechten Zeit. Wer aber mit 40 Jahren noch in den Dingern durch die Vororte stapft und auf den Ohrstöpseln die Ramones (oder Schnelleres) goutiert, hat womöglich den Schuss nicht gehört. Oder ist Sozialarbeiter mit der Absicht, sich bei seinen Schutzbefohlenen anzubiedern.

4 Ed Hardy T-Shirt

Klingt der Name nur so doof, weil sich das Unterbewusstsein an »Laurel & Hardy« alias Dick & Doof erinnert? Oder ist es der visuelle Überfall via T-Shirt, der unterschwellig Aggressionen schürt? Ein Ed-Hardy-Shirt-Träger sieht immer aus wie der feiste Angeber in der Klasse, ein Lautsprecher und Unsympath, der Typ, der zweimal kleben blieb, aber nach der Schule auch ohne Abschluss als Erster einen Porsche klarmachte. Dieser Vergleich würde Christian Audigier übrigens gefallen. Dem 55-jährigen Franzosen – von dem ich nicht weiß, ob er einen Schulabschluss hat – rinnt das Testosteron aus den Ohren, angeblich treibt er sich mit Mickey Rourke herum und zählt Hollywoodgrößen wie Madonna oder Nicole Kidman zu seinen Freunden. Was das mit Ed Hardy zu tun hat? Mit dem Menschen Ed Hardy nicht viel. Der Tattoo-Künstler hängt in Honolulu am Strand herum und haut das Geld raus, das er über Audigier verdient hat. Der nämlich hat die Modemarke Ed Hardy gegründet. Geschäftsidee: die Tattoo-Bilder des Namensgebers auf T-Shirts zu drucken. Grelle, laute, bunte Motive – nichts für modische Puristen. Für Ed Hardy – die Person und das Label – war es der Beginn einer modernen Erfolgsgeschichte. Drei knappe Jahre brauchte Ed Hardy für 80 Millionen Umsatz. Und noch ist kein Ende des Märchens absehbar. Ganz im Gegensatz zur Halbwertszeit der T-Shirts für seine Träger: Wer sich jenseits der 30 mit den Dingern sehen lässt, geht noch als mutig durch, aber schon mit 40 wird es ein wenig peinlich. So wie ein Typ, der mit grauen Haaren noch im Boxring abhängt und mit 50 in der Disco. Vermutlich findet Rolf Eden Ed Hardy ganz prima.

5 H&M

Es ist wie der Besuch an einem Tag der offenen Tür in der Schule Ihrer Kinder. Wer versehentlich in einen der H&M-Stores in einer beliebigen deutschen Innenstadt gerät, wird sich alt fühlen, sehr alt. Vorsicht auch vor spontanem Augenkrebs: Vielleicht hängt der Gedanke an den eigenen Verfall ja auch mit den grellen Farben der angebotenen Produktwelten zusammen. Der erste Impuls beim Eintritt in ein

H & M-Geschäft dürfte jedenfalls bei vielen älteren Mitbürgern der gleiche sein, nämlich der Griff ins Sakko: »Wo ist meine Sonnenbrille?« Doch auch das Publikum im schwedischen Modehaus (Spötter sagen: Verwerter) verstärkt den Fluchtimpuls: Sind hier wirklich nur Kinder? Die Antwort lautet: ja. Durchaus. Zwar sind in den letzten Jahren auch einige seriöse Designer wie zum Beispiel Stella McCartney für Hennes & Mauritz in den Ring gestiegen, doch das hat am Geschäftsmodell der Schweden wenig geändert. Es lautet, knapp zusammengefasst: copy & paste für Menschen mit tolerantem Geschmacksempfinden, nachrangigem Qualitätsbewusstsein und überschaubaren finanziellen Ressourcen. Da kommt man auch ohne Profiler drauf, dass sich hier vornehmlich junge Leute bedienen. Und das sieht man der H & M-Mode auch an.

6 Retro-Trainingsjacken

Anfang der neunziger Jahre tauchten sie plötzlich im Straßenbild deutscher Metropolen auf: Junge Männer (seltener Damen) in Trainingsjacken, die sich den Tag damit vertrieben, eine Menge Kaffee zu trinken (in der geschmacksoptimierten Latte-Variante natürlich), und die sich tagsüber in strahlend weißen, beinahe manisch aufgeräumten Großraumbüros herumdrückten. Dort dachten sie sich Annoncen und eingängige Sprüche für vielfältige Produkte aus, deshalb bezeichnet man sie auch gern als Kreative. Ich vermute, dass dem eigentlich ganz ehrbaren Beruf des »Werbers« seit genau dieser Zeit ein leicht negativer Beigeschmack anhaftet. Vorher schien es eine durchaus akzeptable Beschäftigung zu sein, in einer *Agentur* zu schaffen, doch irgendwas im Auftreten der Branche scheint den restlichen Werktätigen sauer aufgestoßen zu sein. (›Mad Men‹ gab's da noch nicht.) Vielleicht waren es ja wirklich die Retro-Trainingsjacken von Puma oder Adidas in Hoffnungsgrün oder Hollandorange, die dem Volk wie eine Art Mitgliedsausweis einer glamourösen Kaste präsentiert wurden. Einen praktischen Zweck jedenfalls schien die Wahl dieses Accessoires – gerne hochgeschlossen bis zum Adamsapfel und kombiniert mit einem feinen Jackett – nicht gehabt zu haben. Inzwischen hat das Bullshit-Selbstregulierungssystem der Szene längst funktioniert: Die Trainingsjacke hat sich aus dem Leben des gemeinen Werbers beinahe vollständig verabschiedet. Hin und wieder sieht man noch einige wenige Onlinepraktikanten darin, die vor Kurzem aus Uelzen oder Eschweiler in die große Stadt gekommen sind und den längst still verblichenen Codes nachhängen. Auch Musiker mit Klampfen, die deutsch singen und wenn sie groß sind, mindestens Clueso oder Tim Bendzko werden wollen, tragen die Retro-Dinger immer noch gerne auf. Doch das sind junge Leute, die brauchen keine Entschuldigung für ihre modischen Verfehlungen. Der reife Mensch sollte allerdings schon Mitglied in einer Fußballmannschaft oder einer Laufgruppe sein, um sich außerhalb der eigenen Wohnung in einer Trainingsjacke sehen lassen zu dürfen.

7 Tiefe Ausschnitte / offene Hemden

Im Grunde müsste Flavio Briatore der Schutzpatron aller Männer sein, die zu weit aufgeknöpfte Hemden tragen. Ich kann mich irren, aber ich persönlich kenne keine Fotos von dem älteren Herrn mit der bewegten Lebensgeschichte, auf dem er nicht aussieht wie ein brünftiger Goldkettchen-Casanova. Das ist natürlich nur *meine* Meinung, ich kenne den Herrn ja nicht mal persönlich. Möglicherweise hatte er in jüngeren Jahren tatsächlich so eine gekräuselte Weltklasse-Brust, die junge Mädchen aus aller Welt zum Rasen bringen. Aus der Generation der manischen Glanzrasierer stammt er jedenfalls nicht. Doch diese Zeiten sind unwiderruflich vorbei und wenn ich jetzt ein Foto von Flavio Briatore sehe (was für ein eleganter Name!), dann muss ich jedes Mal an einen Pizzakellner auf einer italienischen Insel denken. Was glauben ältere Herren eigentlich, für wen sie sich da so albern in Positur werfen? Ironisch jedenfalls ist das zu weit aufgeknöpfte Hemd keineswegs, selbst dann nicht, wenn der Kandidat eine Pilotenbrille dazu trägt und eine Geldklammer im Revers blinkert. Man muss schon über die Schlagfertigkeit und Intelligenz einer Barbara Schöneberger verfügen, um sich ein tiefes Dekolleté zu trauen und dann auch noch Witze darüber zu machen: »Wenn Männer mein Dekolleté loben, freue ich mich. Denn sonst werde ich zu sehr auf meine inneren Werte reduziert.« Trotzdem muss an dieser Stelle gesagt werden: Außerhalb der Dirndl-Saison ist es keine gute Idee, wenn die reife Dame allzu viel von ihren Reizen in der Auslage drapiert. (Auch wenn Lustgreise wie ein Brüderle das sicher anders beurteilen.) Es sieht in diesem Bereich leider meistens schon genauso gut abgehangen aus wie im direkten Vergleich beim Kollegen Flavio. Wenn man nicht über sein Alter nachdenken möchte, sollte man auch nicht, mit allem, was man hat, darauf verweisen.

8 Quertaschen

In den achtziger Jahren sah man diese Taschen auf dem Rücken von New Yorker Fahrradkurieren, dann schwappte die Welle nach Europa. Als die beiden Schweizer Brüder Daniel und Markus Freitag schließlich 1993 die Idee hatten, ausgediente LKW-Taschen als Basisstoff für ihre Quertaschen herzunehmen, verband sich sinnvolles Recycling mit moderner Grafik und einer gewissen Verknappungs-Hipness. Eine originelle Erfolgsgeschichte, die den Schweizer Großkonzern Migros dazu veranlasste, eine in China produzierte Billigtasche ähnlichen Formats zu schneidern und das Ding so schamlos wie albern einfach »Donnerstag« zu nennen. Man einigte sich schließlich darauf, dass Migros den Bestand der »Donnerstag«-Tasche noch verkaufen durfte, danach aber keine weiteren Taschen mit Wochentagen produzierte. Der Siegeszug der Freitag-Tasche hält bis heute an. In den europäischen Metropolen, aber auch in Amerika oder Japan sieht man Menschen mit der lässig getragenen Umhängetasche (oder ähnlichen Produkten) durch die Städte ziehen. Das ist natürlich Käse. Warum? Weil die praktische Qualität einer solchen Tasche hinter ihrem Status als schickes Designteil deutlich zurücksteht. Wer es also nicht mehr nötig hat, durch die Wahl seiner Schuhe, Tasche oder Bügelbrille besondere Kennerschaft nachzuweisen und ein paar Plätze in der Hip-Parade seiner Freunde gutzumachen (oder Fahrradkurier ist), der sollte zur ehrlichen Aktentasche oder dem gemeinen Rucksack zurückkehren. Zum Alter passt gesunder Pragmatismus einfach besser als der Wunsch, mit der »Freitag« *cool* zu sein.

9 Modische Bärtchen

Wir hatten das Thema schon, es hat, Vorsicht, Kalauer, bereits einen Dreitagebart. Trotzdem ist dies der Moment, wo der Hinweis noch einmal angebracht erscheint: Der junge Mensch hat ein Recht darauf, sich modisch auszuprobieren. Da darf es auch mal ein kleiner Ziegenbart sein, ein Spitzbart oder gleich ein buschiger Vollbart, wie er gern in den kanadischen Wäldern und unter Pfeifenrauchern getragen wird. Für Freunde der ironisierten Trash-Kultur mag sogar ein Pornobalken à la Burt Reynolds okay sein, der nicht selten als der berühmteste Schnurrbartträger Hollywoods bezeichnet wird. Doch irgendwann, Leute, da müsst ihr euch entschieden haben. *Irony is over,* in der Regel so zwischen dem 30. und 40. Lebensjahr. Was danach im Gesicht wächst, ist kein vorläufiges modisches Statement mehr, sondern ein verdammter Personalausweis, der nie abläuft. Und bei Hells Angels macht es auch kein schlankes Kinn, wenn dort ausrasierte Kunstwerke wuchern oder gezwirbelt wird wie im bayrischen Festzelt. Auch der Backenbart sollte tunlichst nur vom Friedensrichter getragen werden und Koteletten nur von Jungs, die abends in Elvis-Shows auftreten. Reißt euch doch mal zusammen, Männer, oder wollt ihr, dass man über euch lacht wie damals über einen gewissen Bart Simpel, der jetzt die Fahrradfahrer in Deutschland anführt?

10 Bauchfreie T-Shirts

Selbst wenn Sie regelmäßig Sport treiben und sich auch sonst noch ganz lecker finden: Tun Sie es nicht. Egal ob Sie eine mittelalte Dame mit vorzüglichen Essgewohnheiten sind oder ein Sportler, der am Wochenende dem Biathlon frönt – es gibt nur wenig Gründe, in der Öffentlichkeit ein bauchfreies T-Shirt zu tragen. Junge Mädchen mit flachen Bäuchen und diesem unschuldig-aufreizenden Lächeln dürfen es selbstredend tun. Auch Jungs, die nicht im Verdacht stehen, als Ronaldo-Klon antrainierte Sixpacks vorzuführen, dürfen es. Menschen eben, denen der Dichter Kleist eine gewisse natürliche Anmut attestieren würde oder für die der Spruch gilt: »Das Vollkommene ist absichtslos.«

Die Trageerlaubnis gilt natürlich auch für junge Surfer & Slacker, deren T-Shirts einfach zu heiß gewaschen wurden, oder für junge Frauen in Strandnähe, die es schon als Konzession an den Rest der bürgerlichen Welt begreifen, sich überhaupt ein kurzes Fähnchen umzuhängen. Doch wenn man erst mal das dreißigste Lebensjahr erreicht hat, sollte man sehr wohl wissen, welche Signale man mit einem T-Shirt aussendet, das knapp unterhalb der Brust (bei Jungs: über dem Bauchnabel) endet. Aber das ist leider nur blanke Theorie, wenn man sich im Sommer einmal an schleswig-holsteinischen Baggerseen oder spanischen Stränden umsieht: Wabbelige Gestalten knapp vor der Menopause präsentieren keck ihre speckigen Gewebeplatten in aufeinandergekräuselten Dreierreihen. Broilerfarbenen Jungs mit Bärten und Adiletten scheint in den nächsten Minuten eine Sturzgeburt zu drohen, ein großer Teil des gewölbten Leibes lugt bereits unter dem T-Shirt hervor: Schaut her, es ist ein Drei-Liter-Fässchen! Klar, das klingt hier ein wenig intolerant oder sogar herablassend, und ich bin im Prinzip gar kein boshafter Mensch: Was uns aber hin und wieder in der Öffentlichkeit zugemutet wird, empfinde ich persönlich als passive Aggression. Ist es zu viel verlangt, Problemzonen zu bedecken, statt das Augenmerk darauf zu lenken?

DER ABSCHIED VON DER KARRIERE

Wenn der Bundeskanzler, der Lehrer der Kinder oder der eigene Chef irgendwann jünger sind als man selbst, sollte man sich so langsam mal mit der Erkenntnis auseinandersetzen, dass das berufliche Traumziel womöglich nur ein Traum bleibt. Ich behaupte: Das ist gar keine schlechte Nachricht.

Allen Menschen ist es gegeben,
sich selbst zu erkennen und klug zu sein.
Heraklit

Manchmal stelle ich mir vor, ich sei Chefredakteur eines bedeutenden Magazins geworden. Das ist maximal 30 Sekunden lang ein ziemlich spektakulärer Tagtraum. In jungen Jahren hätte ich wohl meine Großmutter an den Leibhaftigen verscherbelt, um diesen Traum zu verwirklichen. Ich frage mich, ob es anderen Menschen auch so ging. Wollte der Kreisligafußballer vom Bolzclub Kleinholzhausen auch ein Franz Beckenbauer werden, der Bankberater in meiner Filiale Chef der Deutschen Bank oder die Vorsitzende des SPD-Ortsverbands Milbertshofen wirklich Bundeskanzlerin? Womöglich. Solche Ziele liegen in der Natur des Menschen. Und diejenigen, die ehrgeiziger sind als ich, werden vermutlich, um sie zu erreichen, eine Menge investiert haben: Lebenszeit, Ausdauer, Disziplin. Ich hoffe für jeden Einzelnen, dass sich die Mühe gelohnt hat, selbst, wenn es nicht für den ganz großen Traum gereicht hat. Heute weiß ich, mit dem Abstand, den einem der Rückblick auf 30 Jahre Berufsleben anbietet: Ein bisschen mehr Selbsterkenntnis und ein bisschen weniger Statusdenken hätten meinem Leben sicher gutgetan. Aber die gute Nachricht lautet: Irgendwann kommt man in ein Alter, da sind die Hahnenkämpfe um die besten Futterplätze im Job, die aufreibenden Intrigenspinnereien und politischen Rankünen am Arbeitsplatz einfach nur noch albern. Da hat man – hoffe ich jedenfalls für Sie – einen heiteren Abstand zu dem Irrsinn, der sich da vor seinen Augen abspielt. Und es ist doch prima, sich zurückzulehnen und feststellen zu können: Ich mache, was ich kann und weiß, was mir Spaß macht – und das hat nicht mehr zwangsläufig mit Karriere, Gehaltserhöhungen und fremdbestimmten Zielen zu tun. Sie werden sich jetzt nicht mehr auf Stellen in China bewerben, um *voranzukommen*, lassen sich nicht in Assessment-Center rundmachen, und wenn Sie registrieren, dass die neuen Chefs alle jünger sind als Sie selbst, wird Sie das auch nicht mehr in Panik versetzen. Sie werden in sich hineinlachen, Martin Suters ›Business Class‹ lesen und froh sein, dass Sie die richtigen Entscheidungen getroffen haben. Vorausgesetzt natürlich, Sie *haben* die richtigen Entscheidungen gefällt und machen einen Job, der Ihnen wirklich entspricht.

Ich zum Beispiel habe ein paar Jahre meines beruflichen Lebens vergeudet, weil ich dachte, ich müsse unbedingt auch mal was zu sagen haben. Damals wurde ich von einem zufriedenen Ressortleiter, der eine Menge Texte verfasste und ganzjährig in der Welt herumreiste, zu einem Mitglied der Chefredaktion eines bunten Magazins. Das bedeutete, dass ich von einem schreibenden Journalisten zu einer Art Redaktionsmanager wurde. Das jedenfalls erwartete man von mir. Man war bereit, mir für diesen Job eine Menge Geld zu bezahlen, ich machte offiziell einen Karrieresprung und wurde im Impressum dieses Magazins sehr weit oben geführt. Das schmeichelte mir, muss ich zugeben, ich war ja erst in meinen Dreißigern und hegte insgeheim die Hoffnung, dass das noch nicht alles sein würde. Möglicherweise könnte ich ja irgendwann noch einmal bei einem Heft zum Chefredakteur aufsteigen und dann *ganz oben* stehen im Impressum, ausgestattet zudem mit den Insignien der Macht, die ein solcher Titel mit sich bringt. Ein dicker Dienstwagen zum Beispiel, noch mehr Geld und eine ansehnliche Anzahl von Mitarbeitern, die nach meiner Pfeife tanzen würden. So knapp zusammengefasst klingt das möglicherweise ein wenig nach dem Wertekanon eines jungen Liberalen, aber damals fühlte es sich eigentlich ganz in Ordnung an. Man hat ja Ziele als junger Mensch und noch zu wenig Erfahrung mit seinem eigenen Potenzial, um einschätzen zu können, ob diese Ziele den eigenen Fähigkeiten und Vorlieben entsprechen.

Tatsächlich entpuppte sich mein Traumjob schon bald als Sackgasse. Oder besser: Es ließ sich nicht leugnen, dass ich eine ziemliche Fehlbesetzung war. Das, was ich immer schon gut konnte, und das, was als stellvertretender Chefredakteur neuerdings von mir verlangt wurde, ergab leider nur eine verschwindend kleine Schnittmenge. Ich kann zum Beispiel gut Bücher lesen und Filme anschauen, Regisseure und Autoren interviewen, ich bereise mit Freude wochenlang fremde Länder und besuche Kulturschaffende in ihren Heimatregionen. Außerdem sehe ich gern Menschen zu, ohne unbedingt mit ihnen sprechen zu müssen, und was ich am besten kann, ist hinterher über all meine Beobachtungen amüsant zu schreiben. Immer wieder höre ich, dass es Menschen Spaß gemacht hat, meine Texte zu lesen. Vermutlich haben genau diese Fähigkeiten dazu geführt, dass man mir überhaupt eine Führungsposition angeboten hat. Allerdings sind meine Primärtugenden Eigenschaften, die in einer Chefredaktion am Ende des Tages eher nachrangig eingefordert werden. Andere Dinge sind wichtiger. Kompetenzen, die ich nie besaß, und schlimmer, die mich auch nicht sonderlich interessierten. (Ich sage mir immer, dass es da einen gewissen Zusammenhang gibt. Aber vielleicht will ich mich auch nur über meine Teilbegabungen hinwegtrösten ...)

Das alles ahnte ich natürlich, ich hatte ja auch schon etwas Erfahrung in Redaktionen und Gelegenheit gehabt, mir das Profil einiger Bosse aus der Entfernung ansehen zu können. Trotzdem kam ich nicht einen Moment lang auf die Idee, das Angebot, ein Chef zu werden, freundlich abzulehnen. Ich hoffte wohl, schon irgendwie klarzukommen und mit den Aufgaben zu wachsen. Im Nachhinein würde ich sagen: Genauso gut hätte ich mich mit einer Gehirnwäsche anfreunden können.

Hier sind die Dinge, die ich *nicht* so gern mache: 1. Viel telefonieren. 2. Aufgaben an Mitarbeiter delegieren und ständig für deren Rückfragen ansprechbar sein. 3. Mit potenziellen Anzeigenkunden sprechen und ihnen klarmachen, dass unser bisschen Journalismus gar nicht stört, wenn sie ihre Produkte präsentieren. 4. Konferenzen leiten. 5. Termine planen und mich um die Einhaltung selbiger kümmern. 6. Unpopuläre Entscheidungen treffen und umsetzen. 7. Mitarbeiter motivieren und gleichzeitig nicht zu glauben, dass sie meine Freunde sind. 8. Mit Vertriebs-, Anzeigen- und Personalabteilung über Dinge sprechen, die nicht mit den journalistischen Inhalten, sondern ausschließlich mit redaktioneller Mechanik zu tun haben.

Und hier nun die Dinge, die man als stellvertretender Chefredakteur draufhaben sollte, wenn man seinen Job erfüllt: Punkt 1 – 8! Nun. Es hat mich, meine armen Mitarbeiter und meinen (überraschend nachsichtigen) Chef viele Nerven gekostet, bis klar war: Er will nicht. Er kann es nicht. Er versteht es nicht. Ich machte den Job trotzdem fast sieben Jahre und wurde von Jahr zu Jahr unzufriedener. Gemessen an dem, was ich in guten Zeiten geleistet hatte, arbeitete ich höchstens noch die Hälfte bei minderer Qualität und war doppelt so erschöpft. Dass ich dafür auch doppelt so gut bezahlt wurde wie früher, spielte keine große Rolle, es wog mein allgemeines Unwohlsein nicht auf. Wie sagt man so nett: Ich war mit der Gesamtsituation unzufrieden. Aber ich hatte damals nicht die Größe, bei meinem Chef vorzusprechen und mich lieber wieder auf meinen alten Job zurückzuziehen. Ganz abgesehen von der Idee, zu kündigen und nur noch »frei« zu schreiben. In diesem Fall hätte ich Punkt 1-8 völlig aus meinem Leben eliminieren können – damit wären allerdings auch Dienstwagen, die sichere monatliche Überweisung und das gesellschaftliche Renommee, das mit meinem Titel geliefert wurde, futsch gewesen. Und dazu war ich damals einfach noch nicht bereit. Stattdessen wunderte ich mich sogar darüber, dass ich nicht schon längst irgendwo Chefredakteur geworden war. (Wo dann die Liste der Dinge, die ich nicht gern mache, noch um mindestens acht weitere Punkte ergänzt worden wäre.)

Falls Ihnen das alles absurd vorkommt – das ist es auch. Aber diese Abkoppelung seiner wahren Interessen und Bedürfnisse von seinem (fremdbestimmten) Leben ist nicht nur mein Problem. Viele Menschen, vor allem in den jungen, zumindest jüngeren Jahren ihrer Karriere, tun Sachen, die sie nicht gern tun, weil sie glauben, das gehöre eben dazu, wenn man Erfolg haben will. Wer freiwillig auf Karriere, Geld und Macht verzichtet, muss sich Fragen stellen lassen. Die wenigsten Leute, die ich kenne, richten ihre beruflichen Zielsetzungen nach ihren persönlichen Interessen aus, die meisten streben eine »Karriere« an und nehmen dafür Kompromisse in privater und manchmal auch gesundheitlicher Hinsicht in Kauf, die ihnen sicher nicht guttun.

Erst als meine Zeitung vor rund 10 Jahren eingestellt wurde, kam ich zur Besinnung. Der Verlag bot mir im Haus wieder eine Stelle in gleicher Position an, bei einem Heft, in dem ich mich thematisch halbwegs zu Hause fühlen konnte. Diesmal aber lehnte ich ab und entschied mich für ein Leben als freier Journalist. Seitdem muss ich da draußen in einer Krisenbranche um Aufträge kämpfen und weiß nie, ob ich das nächste halbe Jahr finanziell überstehe. Von Banken werde ich wie ein Tagelöhner und von fest angestellten Redakteuren wie ein Bittsteller behandelt. Mein ganzes Leben ist offiziell »prekärer« geworden, meine Lebensperspektive als Ein-Mann-AG ziemlich unsicher. Was in fünf Jahren sein wird, weiß ich nicht. Im Gegensatz zu früher ist es mir aber auch nicht mehr so wichtig, weit in die Zukunft zu schauen. Ich bin deutlich entspannter als früher, als ich noch glaubte, meinen sozialen Stellenwert in der Gesellschaft definieren und um jeden Preis verteidigen zu müssen. Meine Lebensqualität hat sich trotz meiner objektiv nun eher vagen Verhältnisse, in denen ich mich bewege, deutlich verbessert. Mit 30 Jahren war ich ein verbissener, gleichzeitig aber ängstlicher Mensch, mit 40 ein objektiv erfolgreicher Titelträger mit einem unbefriedigenden und dementsprechend unausgeglichenen Seelenleben. Und mit 50? Bin ich ein meist ziemlich sorgloser Habenichts, der entspannt im Garten sitzt, meistens nur das tut, was er möchte, nämlich schreiben und viel Kaffee trinken. Jemand, der aufsteht und zu Bett geht, wann er will, und nicht, wann es ihm ein Nine-to-five-Beschäftigungsverhältnis vorschreibt. (Na jedenfalls dann, wenn ich nicht wieder einen Abgabetermin so lange hinausgezögert habe, bis ich drei Tage und Nächte durchschreiben muss.)

Das ist halt das Schöne am Älterwerden: Statussymbole

verlieren an Strahlkraft. Ein Titel, ein großes Auto, von mir aus auch eine Kreuzfahrt in der Karibik oder die Mitgliedschaft in einem teuren Golfclub: alles gut und schön. Ein fröhliches Leben garantiert das kaum. Wer stattdessen neben seiner Arbeit noch genug Zeit findet, ein Buch zu lesen, seine Freundschaften zu pflegen und regelmäßig Sport zu treiben, im Garten zu werkeln oder was auch immer zu tun, das seiner Vorstellung eines befriedigenden Zeitvertreibs entspricht, hat eine echte Chance, ein fröhliches Leben zu führen.

Sie haben doch sicher auch schon davon gehört: Wer fremdbestimmt lebt, dem droht das böse *Burn-out*, eine der Geißeln des modernen Lebens. Immer mehr Menschen fühlen sich von ihrer Arbeit ausgehöhlt und realisieren, dass eine Karriere im Vorstand einer Firma, als Partner in einer Kanzlei oder als Abteilungsleiter eines Kaufhauses einen ziemlich hohen Tribut fordert. Sind 60-Stunden-Wochen ein angemessener Preis für eine beeindruckende Visitenkarte? Gibt einem die Karriere, der Titel, die Macht wirklich so viel, dass ein drohendes Burn-out, zu wenig Zeit für die Familie, ein hastiger 10-Tage-Urlaub in der Karibik dafür in Kauf genommen werden müssen? Immer weniger Menschen sind bereit, an dieser Stelle beifällig mit dem Kopf zu nicken. Offenbar hat in dieser Hinsicht in der letzten Zeit in Deutschland ein Wertewandel stattgefunden. Das zeigt auch eine Umfrage des Deutschen Führungskräfteverbands (ULA) von 2012. Danach sehen 80 Prozent der befragten Fach- und Führungskräfte den Wunsch nach einer sogenannten Work-Life-Balance sogar schon bei Berufseinsteigern als »stark ausgeprägt«. Die Abkehr von traditionellen Karrieremustern bezieht sich aber auch auf die Alten: Zwei Drittel der befragten Manager und Experten geben an, ihr Wille, sich mehr Zeit für die Familie und das Privatleben zu nehmen, sei in den vergangenen fünf Jahren gewachsen.

Das entspricht durchaus meinem persönlichen Empfinden. 2012 ist mir noch einmal ein Bossjob in einer Redaktion angeboten worden. Die Chance, meine Existenz nach Jahren der relativen Unsicherheit ökonomisch wieder auf sichere Beine zu stellen. Ich hätte allerdings dafür auf vieles verzichten müssen, was mir in den letzten Jahren wichtig geworden ist. Unser Leben auf dem Land. Die Wintermonate in der Sonne von Australien oder Thailand. Die Entscheidung, nur noch zu schreiben und nichts mehr zu tun, das ich nicht vernünftig kann. Ist das nun lässig oder einfach nur unvernünftig? Früher hätte ich mir darüber eine Menge Gedanken gemacht. Heute genieße ich die Auswirkungen dieser Entscheidung umso intensiver. Das heißt nicht, dass sie unbedingt richtig war, das wird erst die Zukunft zeigen. Aber ich bin jetzt endlich gelassen genug, um selbst mit den Konsequenzen meiner *falschen* Entscheidungen gut leben zu können.

Check 10: Brennpunkt Mode (2)

Gute Nachrichten aus dem Moderessort: Man muss auch als Silver Surfer nicht unbedingt mit dem Popelinmäntelchen von C & A und klobigen Gesundheitsschuhen leben.

> Mode ist die bereitwillige Bejahung der rätselhaften Tatsache, dass heute etwas schön ist, was gestern hässlich gewesen ist und was morgen unerträglich sein wird.
> *Senta Berger*

Das geht immer noch, wenn Sie schon ein bisschen älter sind:

1 Eng geschnittene Anzüge

Wissen Sie, was Beth Ditto neulich über Karl Lagerfeld sagte: »Er ist ein abgemagerter älterer Herr, der sich in viel zu enge Klamotten zwängt!« Ganz schön frech, aber die amerikanische Südstaaten-Sängerin erhielt dafür eine Menge Beifall. Nun. Das ist nichts Neues, während öffentlich gegen ein dickes, lesbisches Mädchen zu wettern, unabhängig vom Thema ein ziemliches Wagnis ist. Trotzdem muss man in diesem Fall dem guten, alten Karl die Stange halten. (Zumal Frau Ditto, wenn ich sie richtig verstanden habe, ja auch stets uneingeschränkte Toleranz von der Welt erwartet.) Karl Lagerfeld ist ein eitler Mensch, das sicher, aber mal losgelöst von seinem Chichi-Chic: Er achtet wenigstens darauf, auch im hohen Alter noch passabel auszusehen. Nicht alt, nicht jung: Uni-Age sozusagen. Meistens gelingt es ihm sogar. Und das liegt nicht an den teuren Stoffen, mit denen sich der Wahlhamburger ausstaffiert. Sondern daran, dass er sich bis heute weigert, die Mode aufzutragen, die einem Menschen aus dem Jahrgang 1933 üblicherweise zugedacht ist. Lagerfeld verachtet den muffigen Elder-Statesmen-Look zwischen Golfhose und dunklen Nadelstreifen, er wirft sich keine sackförmigen Gebinde über den alternden Leib, nein: eng geschnittene Jeans und knappe Anzüge dürfen es sein. Natürlich kommen hin und wieder die spöttischen Nachfragen (wie fast immer auch bei Trägern von Helmut-Lang-Anzügen), ob da einer möglicherweise mit dem Anzug oder der Röhrenjeans in die Badewanne gestiegen sei, doch was wäre die Alternative? Noch ein Rentner in einem kastigen Stoffgebirge in Beige? Lassen Sie sich nicht verunsichern, meine Herren, tragen Sie weiter eng geschnittene Anzüge, womöglich mit einer Weste und einem Einstecktuch. Sie *können* das tragen. Und *damit* Sie das tragen können, achten Sie auf Ihre Linie. Gleich noch ein willkommener Effekt.

2 Weißes T-Shirt

Es gehört zu den sogenannten Basics und erscheint auf den ersten Blick ein wenig langweilig. Doch der Anschein trügt. Das weiße T-Shirt ist eine Projektionsfläche und ein mutiges Statement all jener, die etwas zu sagen haben – halt nur nicht ungefragt zu allem. Das erscheint paradox, denn gerade das T-Shirt hat doch als Litfaßsäule junger Menschen eine überragende Karriere gemacht. Wenn die Abi-Klasse

2013 nach Mallorca aufbricht, der Fußballclub Meister in der Kreisklasse Wingenheim oder Oma Erna 85 geworden ist – wir erfahren alle noch Monate später von diesen glückseligen Ereignissen, denn es prangt farbig und fett aufgedruckt auf den T-Shirts all derer, die dabei waren. Wie viel Alkohol man zu trinken gedenkt, was man von Sex hält und wo man neulich in Urlaub war – auf den Brüsten der internationalen T-Shirt-Armee ist es in allen Varianten nachzulesen. In vielen Fällen ist das ein bisschen mehr Information, als man bräuchte. Wie beruhigend und smart wirkt doch da ein Mensch, der souverän darauf verzichtet, seinen kreativen und intellektuellen Fußabdruck schon mit dem Leibchen auf der Brust auszustellen. Zudem gibt es Vorbilder für diesen coolen Style: James Dean beispielsweise oder Marlon Brando, Kerle in weißen T-Shirts. Ein Mann, kein Wort. So muss es (manchmal) einfach sein.

3 Dreitagebart

Zu den Absonderlichkeiten auf der Welt gehört der Umstand, dass ein Dreitagebart als eindeutiges erotisches Signal gehandelt wird. Nachzulesen ist dies regelmäßig in Magazinen, die sich der Lebenshilfe von Frauen verschrieben haben. Aber auch in Blättern wie ›Men´s Health‹ und ähnlichen Pimp-your-body-Postillen, die sich über eine rege homosexuelle Leserschaft freuen, kommt man auf so lustige Ideen. So fragte man vor einiger Zeit in der Rubrik »Men´s Health Style« eher rhetorisch »Dreitagebart – Erotik pur?« und empfahl im Serviceteil dann gleich, welche Rasierer für den perfekten Ungepflegt-Look in Frage kommen. Unter diesen Umständen scheint es kein Wunder zu sein, dass ältere Herrschaften ab einem bestimmten Punkt in ihrem Leben nicht mehr so gern unrasiert in die Welt hinaustreten. Sie scheinen zu denken: Erotik pur? In meinem Alter? Wenn das mal nicht ein wenig albern wirkt. Und runter mit den Stoppeln.

Es ist natürlich nur eine Vermutung, dass Männer so ticken, ich kann da auch nur spekulieren. Aber eins weiß ich: Im Straßenbild meiner Welt tauchen nur noch wenige 50-Jährige mit Dreitagegestrüpp auf, ganz zu schweigen von 60- oder gar 70-Jährigen. Die meisten kleiden sich nicht nur, als ob sie sich am liebsten unsichtbar machen würden, nein, sie unterdrücken auch jede noch so liebenswürdige individuelle Schrulle. So, als ob sie es vermeiden wollten, weiterhin als Person mit eigenen Distinktionsmerkmalen wahrgenommen zu werden. Dabei signalisiert ein lässiger Dreitagebart doch so viel, unabhängig von der (unbewiesenen) erotischen Strahlkraft: Er zeigt, dass seinem Träger Konventionen nicht so wichtig, ein akkurater Auftritt nachrangig und sein Zeitfenster im Tag nicht so weit geöffnet ist, dass er es regelmäßig mit derlei obsoleten Beschäftigungen wie einer Rasur ausfüllen würde. Und manchen Gesichtern verleiht so ein Dreitagebart Kontur, auch im hohen Alter. Glaubt man gar nicht – aber nur, weil man es so selten sieht.

4 Lässiger Schal

Man muss ja nicht unbedingt den längsten Schal der Welt tragen. (Der entsteht momentan im Textilmuseum Helmbrecht unter freundlicher Mithilfe der Museumsbesucher und ist schon knapp 4 Kilometer lang). Doch seitdem das Stück seine Aufgabe als Oberkörper-Wärmespender an den gemeinen Mantel abgegeben hat, ist er zum beliebten Accessoire für viele modische Menschen auf der ganzen Welt geworden – hauptsächlich Frauen. Sogar in heißen Sommern (also außerhalb Deutschlands) wird er als Stoffhauch gern raffiniert um den Hals geschwungen. Hin und wieder belehren Modemagazine über die »25 coolen Arten, einen Schal zu binden« (und das ist vermutlich nur die Spitze des Eisbergs). Bei den Herren steht der Schal – und sei er auch aus edlem Kaschmir oder Seide – allerdings nicht ganz so hoch im Kurs, wenn mich mein persönlicher Eindruck da nicht täuscht. Schwer zu sagen, woran das liegen könnte. Möglicherweise an tradierten Gründen – ein Mann ist ein Mann ist ein Mann, der keinen Schutz braucht, weil er wird nicht krank. Dass ein Mann aber auch als Mann mit so einem modischen Fähnchen prinzipiell sehr gut aussehen kann, ist in einschlägigen Modemagazinen längst Basiswissen. Und damit ist nicht der Fanschal gemeint, der die Sympathie zu einem Fußballverein oder einer bestimmten Band dokumentieren soll. Es ist also nicht zwangsläufig eine Pussy, wer einen Schal trägt, und auch kein verirrter Modegeck, der selbst im hohen Alter nicht davon lassen will.

5 Blundstones

Keine Schnüre, keine Riemchen, kein Schnickschnack: seit 1870 werden die soliden derben Blundstones in Australien hergestellt. Ursprünglich mal hauptsächlich für Arbeiter und Menschen in Outdoor-Berufen, denn die Botten sind so robust wie bequem. Doch längst hat der aus Tasmanien stammende Schuh mit den beiden Schlaufen vorn und hinten – der einzigen modischen Auffälligkeit übrigens – seine ursprünglichen Aufgabenfelder verlassen. Das liegt unter anderem sicher auch an seiner schnittigen Unisex-Form – selbst unter einem Rock sehen die Stiefel einfach prima aus. Das Blundstone-Markenmotto »Go anywhere, do anything« wird zwar nach wie vor verfolgt, doch der schwarze oder braune Blundstone wird längst international überall dort getragen, wo trendbewusste Menschen zu Hause sind. Das Schöne aber an den kompakten Schuhen ist der Umstand, dass sie – vergleichbar mit dem Coppa-Mundial-Fußballschuh von Adidas oder einer 501 Levis Jeans – zu den zeitlosen Klassikern zählen, die man auch im gesetzten Alter ohne Bedenken tragen kann. Diese Qualität als modische Allzweck- und Allage-Waffe hat dazu geführt, dass man den Schuh sowohl im hippen Jugendstore wie auch im seriösen Outdoor-Fachhandel vorrätig hält. Die Gemeinsamkeit leider: der relativ hohe Preis. Was auch der Grund dafür ist, dass man im Vorfeld einer Reise nach Down Under gerne mal von Freunden und Bekannten aufgefordert wird, ein bis vier Paar Blundstones zu besorgen. Auf dem australischen Markt ist der *local hero* nämlich längst nicht so hip wie in westlichen Breitengraden und daher auch deutlich preiswerter.

6 Farben

Sicher haben Sie sich auch schon einmal gefragt, was ganze Armeen von Senioren dazu veranlassen könnte, immer nur

Beige zu tragen. Das sieht doch trist aus. Wie der freiwillige Mitgliedsausweis für den Club all derer, die keinen Spaß haben wollen. Die Antwort auf diese Frage klingt verblüffend, ich fand sie per Zufall. In seinem Artikel »Kleiner Beitrag zur atavistischen Regeneration des Beige-Gens bei Rentnern und Senioren« in der Fachzeitschrift ›Atavismus heute‹ schrieb Professor Dr. Ulrich Luttermann vom biologischen Institut der Universität Münster, dass sich schon der alternde Steinzeitmensch gerne beige kleidete, denn: »Das Beige war eine Tarnung, welche die älteren Hordenmitglieder, die schwach und nicht mehr wehrhaft waren, vor Raubtieren und anderen Bedrohungen schützen sollte.« Nun. Versuchen Sie gar nicht erst, Luttermann ausfindig zu machen oder im Bahnhofskiosk nach ›Atavismus heute‹ Ausschau zu halten, um Näheres über das Beige-Gen zu erfahren. Gibt's beides nicht, ist nur eine Erfindung der ›taz‹, der Text stammt aus der hauseigenen Satire-Redaktion. Die beigen Rentner aber *gibt* es, was auch die ›taz‹ offenbar nicht länger hinnehmen will. Ich appelliere an jeden Menschen über 50 mit Ehrgefühl: Begeben Sie sich nicht aus freien Stücken ins modische Grau-Ghetto. Riskieren Sie Farbe. Seien Sie fröhlich. Bleiben Sie lebendig.

7 Designer-Hemden

Paul Smith hat einmal gesagt: »Das Hemd ist die Leinwand, auf der ein Mann seine Persönlichkeit inszeniert.« Und deshalb steht Smith hier auch stellvertretend für die Modemacher, die hinter der vermeintlich neutralen Oberfläche des einfarbigen Hemdes Raum lassen für individuelle Ausprägungen und Geschmäcker. Für schlichtes Weiß braucht man natürlich weniger Mut. Oder, wie die ›Frankfurter Allgemeine Zeitung‹ den englischen Designer einmal fragte: »Kann man als Mann dem Uniformgedanken entfliehen, ohne gleich wie ein Papagei auszusehen?« Und Paul Smith antwortete: »Es geht letztendlich nur darum, sich selbst zu kennen, seinen Charakter und seine Lebensweisen.« Die Accessoires, mit denen man das zum Ausdruck bringt, werden im Alter möglicherweise zwar etwas leiser, kleiner, zurückhaltender – darauf zu verzichten wäre allerdings Kapitulation vor dem Wunsch zur Distinktion und ist in keinem Lebensalter angebracht.

8 Weiße Anzüge

Sie sind außerhalb der Karnevalszeit noch nie auf die Idee gekommen, einen weißen Anzug zu tragen, wetten? Irgendwie verständlich. Ich weiß, was Sie sagen wollen: Sie möchten schließlich nicht aussehen wie Robert Redford in ›Der große Gatsby‹ oder wie der Schriftsteller Tom Wolfe zeit seines Lebens, also ein bisschen mondän, leicht verschroben bis geckenhaft? Nun, denken Sie noch einmal darüber nach. Obwohl farblich nah beieinander, liegen zwischen der üblichen Seniorenuniform in Beige und einer blütend weißen Gewandung weltanschaulich und ästhetisch Welten. Man muss sich einen weißen Anzug trauen, er ist ein Statement, auch als Herr von 50+ noch mitzumischen in der Welt des Designs und der Mode. Ihn zu tragen drückt aus, sich nicht diskret zurückzuziehen in die unsichtbaren Reservate des Alters, es zeugt von einem anhaltenden Willen zu Persönlichkeit und Individualität. Es ist ein modisches *mission statement*! Und in ›GQ‹ ist auch nachzulesen, wie man ihn tragen soll: *down-gedressed* nämlich, was ich mal mit beiläufig und von eher defensiven Accessoires begleitet übersetzen möchte. Auch Max Goldt hat sich schon mit dem Thema beschäftigt: ›Wenn man einen weißen Anzug anhat‹ lautet der Titel einer seiner Geschichten. Er vermutet, dass ein solcher Anzug einem Zurückhaltung und Noblesse auferlegen würde, was ja bekanntermaßen im Alter tatsächlich Eigenschaften sind, die man schätzt. (Das Gegenbeispiel wäre allerdings Rainer Langhans – vermutlich aber die einzige Ausnahme von der Regel.) Goldt meint, ein weißer Anzug zwinge einen geradezu, den Rotwein so konzentriert zu trinken, dass die Garderobe keinen Schaden nimmt. Na dann.

9 Trenchcoat

Weg mit der hellen Windjacke. Was so eine Jacke kann, das hat der gemeine Trenchcoat auch drauf, mal aus der praktischen Perspektive betrachtet. Und zusätzlich sieht er auch noch lässig aus, egal in welchem Alter. Vergessen Sie Humphrey Bogart, Derrick oder Inspector Columbo und alle anderen Gestalten, die Ihnen aus dem Fernsehen bekannt sind: Als Thomas Burberry den wetterfesten Armeemantel für die Soldaten im Ersten Weltkrieg erfand, hatte er keine Ahnung, dass sein Kleidungsstück fünfzig Jahre später zum Inbegriff des coolen Poser-Teils werden sollte. Für ihn standen die praktischen Eigenschaften seines Mantels im Vordergrund, und dass er nebenbei noch schnittig und formschön daherkam, wurde eher billigend in Kauf genommen. Doch genau das ist der Grund, warum so ein Trenchcoat für Damen und Herren auch heute noch (und gerade im höheren Alter) eine gute Idee ist – und ein Segen für jedes Straßenbild. Die Windjacke nämlich, die der gemeine Senior so gerne aufträgt, hält nicht besser warm, schützt nicht mehr vor Regen, sondern sieht nur – mit Verlaub – einfach scheiße aus.

10 Jeans

Was spricht dagegen, in Jeans alt zu werden? Und ich rede hier nicht über gelöchertes, gebleichtes und irgendwie überstyltes Schnellf***er-Denim, das sich in schlechten Bars und unter Fußballern immer noch allergrößter Beliebtheit erfreut. Es geht um eine ehrliche Jeans aus dem Hause Levis, Lee oder sagen wir: Stone Island. Wenn sie gut sitzt, nicht zu eng geschnitten ist und der Herr noch über einen nennenswerten Hintern verfügt – dafür ist Sport erfunden worden –, ist nichts gegen eine Jeans am Körper einzuwenden, auch mit 50, 60 oder 70 Jahren. Man sollte sich nur hüten, sich bei KiK einzudecken oder bei C & A, das sind in der Regel keine richtigen Jeans, sondern unförmige Lappen, mit denen man bestenfalls die Tür zur Garage abdichtet. Es muss ja nicht gleich eine PRPS sein. Kennen Sie nicht? PRPS wurde 2003 in New York vom ehemaligen Nike-Designer, Donwan Harrell, gegründet. Der Mann hatte den Ehrgeiz, »die beste Jeans der Welt« zu kreieren. Er fertigt in Japan und verwendet ausschließlich organisch angebaute Baumwolle aus Afrika. Die Jeans werden in einem kleinen Familienbetrieb auf Webstühlen produziert, die original aus den sechziger Jahren stammen. Diese alten Maschinen erlauben die Herstellung von sehr strapazierfähigem Denim, der laut Harrell »das qualitativ hochwertigste Jeansprodukt der Welt ist und ein Leben lang hält«. Nun, der Spaß hat seinen Preis (um die 350 Euro). Aber wer sagt denn, dass nur alte Weine besser werden – auch alte Jeansträger können sich vom Jungvolk abheben, denn sie haben ja in der Regel das Geld dazu.

MIDLIFECRISIS

Manchmal wünscht man sich einen Porsche, hin und wieder ein farbiges Sakko oder eine neue Frau. Wenn man Pech hat, kriegt man das alles auch. Und dann ist die Midlifecrisis eines Tages vorbei und mit noch ein bisschen Pech hockt man anschließend mit der Privatinsolvenz in der Einzimmerwohnung herum.

Das Gute ungetan, die Liebe nicht geliebt, die Zeit verschleudert.
Philip Larkin

Als junger Mensch kann man sich gar nicht vorstellen, eines Tages trübsinnig auf dem Sofa zu sitzen und zu denken: Meine Güte, was wäre ich froh, noch einmal 16, 25 oder 32 Jahre alt zu sein! Meistens besteht dazu ja auch überhaupt kein Grund. Wer sich *seriös* erinnert, muss nämlich zugeben: Mit 16 hatte man Pickel, keine Freundin und Probleme in der Schule. Mit 25 immer noch kein abgeschlossenes Studium, aber dafür einen Taxischein und zwei Kinder. Mit 32 schließlich war man bereits einmal geschieden, lebte in einer Zweizimmerbutze im dunklen Souterrain und hielt

Lotto spielen für die aussichtsreichste Perspektive, auf dem Konto mal aus den Miesen rauszukommen. Und trotzdem sitzt man nun mit einiger Sicherheit an schlechten Tagen mit 40, 45 oder 50 Jahren auf dem Buckel auf irgendeinem Sofa, blättert verhalten melancholisch in einem Fotoalbum und seufzt: »Ach, was wäre das schön, noch einmal so jung zu sein.«

Das wäre auch alles nur halb so schlimm, wenn man es dabei belassen würde. Ein paar nostalgische Seufzer haben noch keinem geschadet. Schließlich wusste schon der deutsche Erzähler Jean Paul (in Wahrheit: Johann Paul Friedrich Richter), dass Erinnerung das einzige Paradies ist, aus dem man nicht vertrieben werden kann. Doch es gibt Phasen im Leben, da möchte der mittelalte Mensch nicht einfach nur mild gestimmt in den vermeintlich guten alten Zeiten schwelgen, so paradiesisch es in der Vergangenheit vielleicht zugegangen sein mag. Da hat er plötzlich das Gefühl, auch in seiner Zukunft wäre noch viel, ach was: ALLES möglich. Schließlich sei ihm das Leben ja noch einiges schuldig geblieben und der Umstand, dass jetzt vermutlich schon die zweite Hälfte seiner Zeit auf Erden angebrochen ist, gemahne in dieser Hinsicht ein wenig zur Eile. So kommt es in Rekordzeit zu merkwürdigen Veränderungen im eigenen Leben, die man noch ein halbes Jahr zuvor nicht für möglich gehalten hätte: Erst wird eine fette Harley Davidson angeschafft oder ein roter, offener Sportwagen, mit dem man dann im mauvefarbenen Jackett stundenlang durch die Straßen kreuzen kann. Oder, anderer Ansatz: Zum ersten Mal im Leben erscheint einem eine Bergwanderung als lohnenswertes Projekt – und bevor man sich's versieht, hat man schon eine lebensgefährliche Montblanc-Besteigung gebucht oder gar den gesamten Jakobsweg, was so nebenbei gleichzeitig das Festgeld- *und* das Jahresurlaubs-Konto aufbraucht.

Angefangen hat dieses Drama mit ein paar schlichten Beobachtungen, wie auch Volker Marquardt in seinem melancholischen und selbstironischen Buch ›Halb so wild. Was mit 40 wirklich zählt‹ zugibt: »Alle sind auf einmal jünger. Die Grundschullehrerin der Tochter, die Tagesschausprecherin, der Bankberater.« Zudem stellt man fest, dass der eigene Körper verfällt und die beruflichen Perspektiven schwinden. Schon ist es da, dieses Gefühl, jetzt aber noch einmal etwas Gas geben zu müssen. Es gibt mannigfaltige Erscheinungsformen dieses *Aufbruchgefühls* in einem bestimmten Alter: Porsches, Bootcamps für angehende Kickboxer oder Lustreisen nach Brasilien sind nur einige davon. Möglicherweise sind es sogar die harmloseren Auswüchse, wenn man in Rechnung stellt, dass sich viele Männer schon für verwegene Abenteurer halten, wenn sie mit 45 zum ersten Mal in ein Bordell einkehren oder sich im Büro an die Fersen der Sekretärin heften, die ihnen in den vergangenen 15 Jahren nie besonders aufgefallen war. Der erotische Ausbruch aus der eigenen Beziehung ist wohl das häufigste Symptom von Männern, die sich plötzlich für jünger halten, als sie sind. Es gibt einen internationalen Begriff für diese anstrengende Lebensphase, die fast jeden Menschen irgendwann einmal hinterrücks erwischt, und sei es nur für kurze Zeit. Sie lautet: Midlifecrisis.

Das ist natürlich ein böses Wort. Wie ein Niederschlag mit vier Silben. Dabei behauptete die seriöse Wissenschaft lange Zeit, dass es so etwas wie die »Midlifecrisis« eigentlich gar nicht gibt. Susanne Schäfer aber schrieb in der ›Zeit‹ mit dem Verweis auf aktuelle Studien: »Das Lebensalter zwischen 40 und 55 ist eine Zeit des Wandels, in der viele anfällig sind für einen Zustand, der mit ›Midlifecrisis‹ gar nicht so schlecht beschrieben ist.« Trotzdem möchte niemand von seiner Gattin, seinem Vater oder dem eigenen Hausarzt eine solche Diagnose hören. »Midlifecrisis« ist ein sehr verächtlicher Begriff, so als verlöre man in der Mitte seines Lebens plötzlich den Verstand. Manchmal sieht es ja auch so aus ... Fakt ist: Männer in ebenjener Krise sind so unberechenbar wie Schrotflinten und die Möglichkeiten, sich in dieser Lebensphase vor aller Welt zum Affen zu machen, so vielfältig wie die Streuung bei einem Schuss aus solch einem Gewehr. Wenn die ersten Signale einer heraufziehenden Midlifecrisis nicht rechtzeitig erkannt, bekämpft oder von einem stabilen Umfeld wenigstens etwas abgefedert werden, gerät man in sozialer Hinsicht sehr schnell außer Kontrolle.

Dabei haben Männer in dieser Zwangslage im Prinzip nur die besten Absichten – so fühlt es sich jedenfalls für die Opfer dieser Gefühlsgemengelage an. Man möchte ja nichts anderes, als noch einmal von vorn anfangen, etwas Spaß und etwas Abenteuer ins plötzlich nur noch als lauwarm empfundene Leben zurückbringen. Das kann doch nicht vollkommen falsch sein? Die Psychologin Anna Schoch ist da strikt anderer Ansicht, wie sie dem Magazin ›Focus‹ verriet: »Die Lebensmitte ist vergleichbar mit der Pubertät und sie ist mit ebenso heftigen Emotionen verbunden.« Gut findet sie das nicht, sie geißelt das »alberne« Verhalten so vieler erwachsener Männer: »Schuld daran ist der Jugendwahn in unserer kindlichen Gesellschaft!«

Wir können uns wohl darauf verständigen: So eine Midlifecrisis hat kein gutes Image. Das liegt wohl auch an den vielen Stars, die ihre peinlichen Verfehlungen als Ausdruck persönlicher Freiheit und Selbstverwirklichung in der Öffentlichkeit zur Schau stellen. Es liegt an Leuten wie Tom Cruise, der sich vor Jahren als schwer in Katie Holmes verliebter Mittvierziger nicht entblödete, auf dem Sofa bei Oprah Winfrey seine hormonellen Pegelausschläge vorzuführen. Frau Holmes hat sich inzwischen wieder aus seinem Leben verabschiedet, das ganze Hopsen war für die Katz. Auch der CDU-Politiker von Boetticher wird sich so seine Gedanken gemacht haben. Könnte er doch jetzt längst Ministerpräsident von Schleswig-Holstein sein, wenn er nicht 2011 als beinahe 40-jähriger Mensch eine 16-Jährige auf Facebook kennengelernt und wenig später in einem Düsseldorfer Hotel zur Frau genommen hätte – symbolisch gesprochen. Von Boetticher und sein Teeniemädchen behaupten zwar, es sei Liebe gewesen, der gesunde Menschenverstand aber widerspricht: Bei ihm dürfte vermutlich bloß wieder diese Midlifecrisis schuld gewesen sein. (Oder es ist auch nur das pubertäre Fehlverhalten eines scheinheiligen Hedonisten, wer will das schon beurteilen.) Jedenfalls musste von Boetticher zurücktreten, auch wenn er immer wieder darauf hinwies, dass er sich rechtlich ja eigentlich nichts vorzuwerfen habe. Bei solch moralisch fragwürdigen Entgleisungen kocht die Volksseele natürlich oder sie schämt sich wenigstens fremd, wie im Fall von Tom Cruise. Wenn die Midlifecrisis *das* aus Männern macht, dann möchte man damit nichts zu tun haben.

Trotzdem könnte man das Thema natürlich mit etwas mehr nüchterner Distanz auch anders bewerten. Zu diesem Zweck möchte ich an dieser Stelle den Buchautor und Psychologen Dieter Wunderlich in den Zeugenstand bitten, der in jeder Krise, so auch in der Midlifecrisis, eine Chance sieht. »Sie bewirkt unter Umständen eine Neuorientierung, den Verzicht auf inzwischen unerfüllbar gewordene Wünsche und eine geänderte Zielsetzung.« Dieter Wunderlichs These mag mutig sein und sicher nicht besonders populär, wer hat schon jemals über die guten Seiten der Midlifecrisis nachgedacht? Aber wenn man Wunderlichs Idee einmal kurz mit gesundem Menschenverstand analysiert, kommt man zwangsläufig zu einem ähnlichen Ergebnis. So sagt der Mann doch im Kern nichts weiter, als dass es gar nicht so falsch sei, an einem bestimmten Punkt in seinem Leben einen Bilanzstrich und möglicherweise nach eingehender Prüfung der Sachlage auch ein paar Konsequenzen für sein weiteres Leben zu ziehen. Das klingt nicht unvernünftig. In dieser Hinsicht bin ich ganz bei Wunderlich. Denn, mal ehrlich: Sein Leben einfach immer so weiter dahinplätschern zu lassen, ohne hin und wieder dessen tragende Pfeiler und Parameter zu überprüfen, hört sich weder sonderlich erwachsen noch gesund an. Im Gegenteil. Es klingt eher ein wenig phantasielos und blutarm. Wenn »Midlifecrisis« also bedeutet, noch einmal Anlauf zu nehmen, neue Ziele zu definieren und sich selbst zu Veränderungen anzuhalten, obwohl vieles im Leben schon seinen festen Platz zu haben scheint, dann bin ich ein Fan dieser Midlifecrisis. Nur, dass ich sie nicht so nennen würde.

Was ist dagegen einzuwenden, mit 50 portugiesisch zu lernen, um für den Traum einer Brasilienreise zur Fußball WM 2014 besser gerüstet zu sein? Kann man einem Paar ernsthaft empfehlen, auch die restlichen 20 oder 30 Ehejahre noch miteinander zu verbringen, wenn man längst nicht mehr zusammenlebt, sondern es unter Aufbietung aller Kräfte gerade noch so miteinander aushält? Oder kann es verkehrt sein, nach 30 Jahren Märklin-Eisenbahn im ausgebauten Hobbykeller alle Züge zusammenzupacken und auf dem nächsten Flohmarkt zu verscherbeln, auch wenn man noch nicht weiß, wie man in Zukunft seine Feierabende zu zelebrieren gedenkt? Eine »Midlifecrisis« kann in diesen Fällen ganz schön befreiend sein. Selbst wenn man sich für den Motorradführerschein anmeldet und ihn nach sechs Fahrstunden abbricht, weil man sich auf so einem Zweirad fühlt wie beim Ritt auf dem Rasenmäher – man hat es immerhin versucht. (Das habe ich mir jedenfalls eingeredet, als ich die Rechnung erhielt.)

Es ist halt in dem Moment, in dem solch »rebellische« Ideen geboren werden, so schwer einzuschätzen, ob sie einer seriösen Prüfung auch noch in sechs Monaten oder einem Jahr standhalten werden. Im Zweifel plädiere ich aber trotz Motorradunfall dafür, der Midlifecrisis eine faire Chance zu geben. Getreu Oscar Wildes Motto »Versuchungen sollte man nachgeben, wer weiß, ob sie wiederkommen«, halte ich die Dinge, die man am Ende seines Lebens nicht ausprobiert hat, für wesentlich frustrierender als all die Fehler, die man tatsächlich gemacht hat – mögen die auch noch so dumm gewesen sein. Ich weiß natürlich nicht, ob ich damit auch für den geschiedenen Ex-Ehemann spreche, der nun bis ans Ende seiner Tage allein in einer Zweizimmerwohnung in der Vorstadt hockt, weil er noch mal einer jungen Frau am Bindegewebe spielen wollte. Ich kann dazu nur sagen: Die erste Idee ist nicht immer die beste.

EIN LEBEN OHNE ZIEL?

Einen Baum pflanzen, ein Haus bauen, einen Sohn zeugen … Muss das wirklich alles sein? Keine Ahnung. Sicher ist nur, dass der Druck im Alter nachlässt.

Ohne Zweifel sind die besten und für das Gemeinwohl verdienstvollsten Werke von ledigen oder kinderlosen Männern vollbracht worden.

Francis Bacon

»Dein Leben hat kein Ziel«, sagte mir ein guter Freund vor vielen Jahren bei einem Glas Wein, und das machte mich nachdenklich. War das möglicherweise die Wahrheit? War ich wirklich so ein haltloser Hedonist, ein ehrloser Herumtreiber, ein armseliger Egoist? Würde ich mich mein Leben lang in der ideellen Armut einrichten? Andererseits schien ich gar keine andere Option zu haben. Nichts in mir war bereit, an der Wurzel meines vermeintlichen Übels etwas zu ändern. Tatsache ist: Ich konnte noch so sehr in mich hineinhorchen – *dieser* Wunsch war einfach nicht in mir angelegt. Es ist, wie es ist: Ich will kein Vater sein! (Nicht einmal ein cooler.)

Was stimmt mit mir nicht? Was ist schiefgelaufen in meiner Sozialisation? Meinen Eltern kann ich das nicht in die Schuhe schieben, meine Geschwister haben ihre Pflicht getan und jeweils zwei Kinder in die Welt gesetzt. Warum war ich dazu nicht bereit? Ich musste erst ein wenig älter und sehr viel entspannter werden, um es einfach hinzunehmen und einverstanden zu sein mit dem, was ich war: Ein Mann, der nie ein Kind großziehen würde.

Man sollte vielleicht den Kontext kennen, in dem dieses Gespräch mit meinem alten Freund stattfand. Wir hatten uns nach einigen Monaten zum ersten Mal wiedergesehen, ich kam gerade braun gebrannt und munter gestimmt von einem halbjährigen Australien-Aufenthalt zurück, er hatte sich endlich einen Abend freimachen können, nachdem unsere ersten Versuche, einen Termin zu finden, gescheitert waren. Entweder war die Frau unterwegs, die Kinder krank, kein Babysitter abkömmlich, er selbst zu müde – irgendwas war immer. Mein Freund sah schlecht aus, abgekämpft und müde. Wir sprachen darüber, wie sehr sich unsere Leben voneinander entfernt hatten, ein wenig Wehmut kam auf, wie immer, wenn man sich an die guten alten Zeiten erinnert und vergisst, dass sie *sooo* gut nun auch wieder nicht waren. Unvorsichtigerweise fühlte ich mich veranlasst, diesen dummen Satz zu sagen, der mir heute noch leid tut: »Mit dir möchte ich echt nicht tauschen!«

Das war ein Satz, den mein Freund mir lange sehr übel genommen hat. Er hat drei Kinder gezeugt und führt eine Beziehung, die unter dieser Belastung gelitten hat. (Und drei Kinder *sind* eine Belastung, selbst im besten aller erdenklichen Fälle.) Er fühlt sich oft, als ob er mit dem Rücken zur Wand stünde. Er ist ein Mensch, der seine Familie nie im Stich lassen würde, nur um seine eigenen Bedürfnisse in den Vordergrund zu stellen. Er weiß aber auch, dass die ›Tempo‹-Geschichte übers Kinderhaben und Lässigbleiben, die wir damals *alle* gelesen haben, weltfremder Blödsinn ist. (Und die Tipps in ›Nido‹ helfen ihm heute auch nicht weiter.) Das Leben, das mein Freund immer führen wollte, lässt sich innerhalb einer Familie mit all ihren unverhandelbaren Verpflichtungen nicht realisieren. Das alles weiß er und das alles streitet er auch nicht ab.

Dann jedoch warf er mir das große ABER an den Kopf, und von nun an bewegten wir uns auf einem Terrain, das mir nie zugänglich sein wird. Weil ich kinderlos bin, es immer sein wollte und auch heute noch glaube, die richtige Entscheidung getroffen zu haben. Sie war nicht ganz einfach, diese Entscheidung, und es gab Zeiten, da war ich knapp davor, sie über den Haufen zu werfen. (Aus den falschen Gründen, wie ich heute weiß und in dem Rahmen natürlich, in dem ich das überhaupt *allein* tun konnte.)

Das große Aber klingt immer apodiktisch, und man hat als kinderloser Mensch nicht mal die Berechtigung, sich dagegen aufzulehnen, es verhält sich ungefähr so, als würde sich ein katholischer Pfarrer über das Kamasutra mokieren. Das große Aber an diesem Abend klang (unter anderem) so: »Du weißt überhaupt nicht, was dir entgeht. Diese Liebe, diese Nähe, dieser Glanz, mit dem Kinder dein Leben bereichern. Ohne einmal in leuchtende Augen deiner eigenen Kinder geblickt zu haben, hat dein Leben keine Richtung, keine Seele, kein Ziel.« Er verzichtete immerhin darauf zu behaupten, meine Existenz habe nicht mal einen *Sinn*, aber es war eine knappe Geschichte, das habe ich gespürt.

Ich erspare Ihnen weitere Einzelheiten, Sie kennen die Gründe, mit denen passionierte Elternschaft gerne verteidigt wird. Und ich sage bewusst *verteidigt*, denn genau das ist es, was Eltern tun, wenn sie ihre Entscheidung begründen, Kinder in die Welt gesetzt zu haben. Immer sind solche Unterhaltungen zwischen Eltern und Kinderlosen wie Debatten zwischen feindlichen Stämmen, die zwar über den gleichen Sprachstamm verfügen, aber in unterschiedlichen Dialekten sprechen. Und es ist ein Naturgesetz, dass solche Gespräche nicht sachlich bleiben können.

Es sind harte Kämpfe, die in einer Art abstraktem Boxring ausgetragen werden. In der einen Ecke der kinderlose Egoist mit seinem schlechten Gewissen, der sich dafür schämt, nicht an Arterhaltung und einen allein durch Fortpflanzung höheren Sinn in seinem Leben zu glauben. In der anderen Ecke der moralisch erfüllte, von der Gesellschaft belobigte, von seinen Kindern geliebte und doch so erschöpfte, rundum beanspruchte, irgendwie enttäuscht wirkende, manchmal bittere Familienmensch, der auf die relative Unabhängigkeit seines Gegenübers nicht immer mit dem angemessenen Gleichmut reagiert.

So war es auch an diesem Abend, wir stritten, es wurde emotional, wir gingen unversöhnt auseinander. Und ich fragte mich, wie schon gesagt, in den Tagen danach: Hat er recht? Ist dein Leben wirklich so ziellos, so armselig?

Willst du dein Leben lang darauf verzichten, Dinge zu erleben, die nur ein Vater wirklich fühlen kann? Will ich meiner Tochter nicht bei ihren ersten Schritten im Garten zusehen oder meinen Sohn ermutigen, das Stützrad von seinem Fahrrad zu entfernen? Niemals Vater zu sein, das heißt ja auch: Ich würde meine Kinder nie über den unterschiedlichen Nährwert von Spinat und Pommes belehren und mich anschließend mit ihnen zusammen darüber ärgern, dass die besten Dinge im Leben so oft auch die schlechten, gefährlichen und ungesunden sind. Ich würde meine Tochter nicht zum Ballettunterricht oder in den Pferdestall fahren und meinen Sohn nie zum Fußball begleiten, bei einer Lehrerin vorsprechen oder einen Kindergeburtstag ausrichten. Ich wüsste nicht, was es heißt, um ein Kind zu bangen, wenn es zu spät nach Hause kommt oder mit einem entzündeten Blinddarm im Krankenhaus liegt. Ich würde mit meiner Tochter auch keine Reise in die Toskana unternehmen, weil sie gerade ihr Abi bestanden hat, oder mit meinem Sohn zum Angeln an einen See in Dänemark fahren. Ich würde nicht darüber nachdenken, wo ich meine Kinder Weihnachten unterbringe, wenn sie aus ihren Studienorten in die Heimat zurückkehren oder kann mich niemals darauf freuen, dass meine Enkel auf meinem Schoß sitzen und ich endlich wieder ein Alibi dafür hätte, ›Tom Sawyer‹ zu lesen. Auf all das und sehr viel mehr würde ich verzichten müssen, das ist mir schon klar. Und noch etwas kommt hinzu: Mein Leben wird unwiderruflich vorbei sein, wenn ich sterbe, es wird nicht, wie man so schön sagt, »in meinen Kindern weiterleben«. Oder wie es Peter Ustinov formulierte: »Kinder sind die einzige Art Unsterblichkeit, der wir sicher sein können.«

Selbst, wenn man üblicherweise nicht dazu neigt, sich solch pathetischen Ideen hinzugeben, drängen sich doch hin und wieder ganz andere, ungleich banalere Gedanken ans Tageslicht und verbreiten dabei eine Melancholie, auf die man nicht vorbereitet ist: Wer wird später einmal unser Haus, den Garten, meine Bücher oder die vollständige ›Sopranos‹-Sammlung erben? Wer wird das alles zu schätzen wissen? Wem, wenn nicht meinen Kindern, wird es ein Bedürfnis sein, ein paar Erinnerungen an mich aufzubewahren?

Solche Gedanken sind unvermeidlich, wenn man sich als junger Mensch mit der Frage auseinandersetzt, ob man sich nun fortpflanzen sollte oder doch lieber darauf verzichtet. Ganz tief in mir habe ich immer schon gespürt, dass ich nicht die Traumbesetzung für die Rolle eines Vaters bin. Ich bin, was man rastlos und unstet nennt, gerne viel unterwegs und immer auf der Suche nach Zeit allein mit mir, ich ertrage Gemeinschaft oft nur als *Soundtrack* und Verpflichtungen aller Art gehe ich in der Regel aus dem Weg. Es ist, um es in aller Deutlichkeit zu sagen, nicht ganz einfach, mit mir zu leben – und wie kann man so etwas einem Kind begreiflich machen? Ich bin nicht stolz drauf und habe mir das alles auch nicht angekreuzt, aber genau so verhält es sich. Wer sich Kinder wünscht, sollte andere Eigenschaften mitbringen.

Ich habe mich geschämt und schuldig gefühlt dafür, dass ich keine Kinder haben wollte, über Jahrzehnte fast, weil ich dachte, mit mir stimmt etwas nicht: Erwachsene Männer wollen doch Väter sein? Warum mache ich dabei nicht mit? Erst heute weiß ich es besser. Viele erwachsene Männer mögen zwar gern Väter geworden sein, aber sie hatten offenbar keine Ahnung, worauf sie sich eingelassen haben – und vor allem, ob solch ein Leben ihrer Persönlichkeit überhaupt entspricht. Heute erst ist es mir gleichgültig, ob ich im Disput mal wieder an meine Pflicht als Staatsbürger erinnert werde (»Willst du, dass wir aussterben?«) oder ob man mir Egoismus unterstellt, weil ich am Wochenende zwei Sonntagszeitungen lese, statt meine Brut auf den Sportplatz zu kariolen. Ich habe mich damit abgefunden, dass ich im Hier und Jetzt lebe und mein Streben nicht darauf ausgerichtet ist, ein ordentliches Erbe zu hinterlassen. Und dass keiner an mich denken wird, wenn ich einmal abgetreten sein werde, ist dann auch irgendwie nicht mehr *mein* Problem. Je älter ich werde, umso gelassener gehe ich mit diesem Thema um. Dass ich einmal alt, grau und allein sterben werde, wie es meine Eltern oft im Spaß behaupteten (früher, als sie noch hofften, mich umstimmen zu können, inzwischen ist das Thema viel zu akut, um noch Witze darüber zu machen), jagt mir zwar hin und wieder für einen Moment Angst ein. Aber eins weiß ich ganz gewiss: Wenn der Zeitpunkt gekommen sein wird, habe ich mein Leben so gelebt, wie ich es wollte, und kann niemandem die Schuld dafür in die Schuhe schieben, dass es nicht so gelaufen ist wie erhofft. Und das ist ja auch eine Verantwortung.

Mit meinem Freund, dem Kindsvater, habe ich mich übrigens längst wieder ausgesöhnt. Wenn wir uns sehen, trägt er hin und wieder das T-Shirt, das ich ihm geschenkt habe, wenn auch mit süßsaurem Gesichtsausdruck: »Wir haben alle dasselbe Ziel. Die einen reisen Erster Klasse, die anderen mit Kindern.«

Check 10: Midlifecrisis – Die Auswüchse

Die Erscheinungsformen der Midlifecrisis sind mannigfaltig. Einige tauchen allerdings so häufig auf, dass es sich fast um ein System handelt. Falls Sie einen der Punkte aus der Top Ten kennen sollten, denken Sie besser noch mal gut nach …

> Männer: Menschen, bei denen Pubertät und
> Midlifecrisis ineinander übergehen.
> *Klaus Klages/Graf Fito*

1 Porsche haben wollen

Viele Menschen, die sich im Prinzip für rational halten, in der Bank oder auf dem Amt arbeiten und jahrzehntelang mit einem BMW, einem Volvo oder einem ehrlichen Golf zufrieden waren, entdecken jenseits der 40er-Grenze plötzlich ihre Freude am sportlichen Fahren. Und landen, sofern sie es sich leisten können, hinter dem Steuer eines Porsches. (Viele können es sich eigentlich *nicht* leisten und sparen dann an Urlaub, Möbelausstattung oder sogar dem täglichen Lebenskomfort.) Es sind in der Regel Männer, muss ich zugeben, und vermutlich ist deren Liebe zum »sportlichen Fahren« nicht ganz so ausgeprägt wie die Liebe zu einem Statussymbol. Tatsache ist, dass laut einer Studie eines Düsseldorfer Markenverbands von 2009 Porsche die bekannteste Luxusmarke in Deutschland ist, noch vor Chanel, Rolex und Rolls Royce. Die Inbesitznahme eines Porsches also ist ein Statement und meint: Seht mal her, ich weiß nicht nur, was gut und schnell und schnittig und schön ist, nein, ich kann mir das leisten. Und natürlich ist es viel einfacher, sich so einen Benzinfresser vor die Tür zu stellen, als 25 Kilo abzunehmen und wieder etwas mehr am kulturellen Leben teilzunehmen. Aber eines muss man den Porschefahrern hoch anrechnen: Angst vor dem kollektiven Zorn der mobilen Kollegen haben sie nicht. Denn Porsche zu fahren schürt – bei dem Preis, bei diesem Image – natürlich eine Menge Sozialneid. Und das Image des Porsch-Lochs (dieser Begriff dürfte vermutlich schon in diverse Lexika aufgenommen worden sein) klingt ja auch übel: »Rücksichtslos, vollgasfixiert und ökologisch unterbelichtet: Porschefahrer haben keinen guten Ruf«, schrieb ein Reporter von ›Spiegel online‹ vor einiger Zeit und startete einen Selbstversuch. Er lieh sich einen flotten 911er, von dem er annahm, dass ihn nur »moralischer Sondermüll« fahren würde. Und was soll man sagen: Innerhalb kürzester Zeit ist der Porsche-Debütant entzückt, die anderen Verkehrsteilnehmer kommen ihm vor, als hätten sie eine Packung Beruhigungsmittel geschluckt, ihre Gefährte dünken ihm wie »Slalomstangen, die ich elegant umfahre«. Möglicherweise sind es ja solche Erwartungen, die Midlife-Krisenmanager mit dem Porsche verbinden. Wenn sie schon auf der Stelle treten, macht wenigstens ihre Kiste Tempo. Ich schätze aber, mindestens der Hälfte aller Männer geht es mehr um den Effekt, mit dem Porsche auf dem Bürgersteig vor einem Café vorzufahren und gaaaaaanz langsam auszusteigen. Habe ich mehrfach beobachtet, das hat was von Prinz Karneval, der gleich Kamellen in die Menge werfen wird. Übrigens: Obwohl ich das alles *weiß* und natürlich rechtschaffen verachte: Wenn ich die Wahl hätte, würde ich mir selbst sofort einen Porsche zulegen, Modell Targa, silberner Bügel, Baujahr 72-74. Muss am Alter liegen.

2 Jüngere Geliebte

Älterer Herr, jüngere Dame: So oft ist darüber gelacht worden – und in der Literatur war das Sujet meist nur Komödie, bis Philipp Roth kam und Bücher wie ›Der menschliche Makel‹ schrieb. Das laute Gelächter allerdings hat auf viele ältere Herren keinerlei pädagogischen Effekt: Sie kommen in die Midlifecrisis und haben plötzlich sehr häufig den Eindruck, dass ihre Monikas, Brigittes oder Carmens den Ansprüchen nicht mehr genügen. Sie scheinen zu denken: Die Kinder sind auch aus dem Haus, da kann man doch mal ungeniert auf die Pirsch gehen. Oder wie es die französische Schauspielerin Michèle Morgan so treffend spöttisch ausdrückte: »Es gibt keinen Antiquitäten-Fan, dessen Vorliebe für das Alter sich auch auf Frauen erstrecken würde.« Natürlich würde das sooo nie jemand bestätigen. Es ist immer die »wahre« und »einzige« Liebe, die ganz plötzlich und unvermutet in Gestalt einer 22-jährigen Sekretärin auftaucht. Klar, es können auch Kolleginnen sein, Yogalehrerinnen oder die Frau vom Gemüsestand, sofern sie nur über ein frisches Bindegewebe verfügen und noch nicht ausgebufft genug sind, die Weisheiten »erfahrener« Männer zu durchschauen. Ich weiß nicht, ob es gesicherte Zahlen und Fakten zu diesen in der Midlifecrisis geschlossenen Beziehungen gibt, ich weiß nur eines: Männer, und seien sie auch noch so reich und mächtig, werden weltweit belächelt, wenn sie sich öffentlich mit ihren braun gebrannten Trophäen zeigen. Und schadenfreudig »bedauert« werden sie dann oft schon ein paar Monate später, wenn sich die »große Liebe« doch nur als hormoneller Lackmustest erwiesen hat und die Rückkehr ins alte Leben mit der Ex-Gattin und dem verdienstvollen Freundeskreis abgeschnitten erscheint.

3 Extremsportart

Ich weiß noch, wie ich mich für kurze Zeit in den Triathlon verliebte. Es war so um meinen vierzigsten Geburtstag herum, da sah ich im Fernsehen eine Reportage über griechische Götter, die in Hawaii eine Sportveranstaltung namens Iron Man bevölkerten. Gleich war ich elektrisiert. Wenn ein bisschen Radfahren, Laufen und Schwimmen aus einem Körper so etwas obszön Gutaussehendes machen konnte, dann würde ich das auch mal probieren. Laufen kannte ich vom Fußballspielen, Rad war ich auch schon mal gefahren und dass ich nicht gescheit schwimmen konnte – na ja, jedenfalls hatte es einst nicht für das Seepferdchen gereicht –, würde mit ein wenig Training ja wohl aus der Welt zu schaffen sein? Ich begann also mit dem Training. Heute, etwa zehn Jahre später, erinnere ich mich an einen kalten, grauen Herbst, den ich in ständiger Müdigkeit verdämmerte. Ich hing zusammen mit rüstigen Bettflüchtern vor der Arbeit in Badeanstalten herum, rannte durch Wälder, ließ mir zwei(!) teure Räder stehlen und holte mir, knapp bevor ich den ersten kleinen Volks-Triathlon mitmachen wollte, erst einen Bänderriss im Fuß (beim Laufen) und dann in derselben Woche noch eine schwere Grippe, die ich auf nasse, zugige Fahrradfahrten nach dem Schwimmtraining zurückführte. (Ja, man kann schwimmen und Fahrrad fahren, wenn man einen Bänderriss hat und gleichzeitig ein wenig meschugge ist.) Jedenfalls war damit das Ende meiner Karriere als Triathlet erreicht, ich erholte mich noch bis ins Frühjahr hinein von dem Versuch, ein Extremsportler zu werden. Ich hätte vielleicht 20 Jahre früher damit anfangen sollen. Es dauerte, bis meine Frau und meine Freunde nicht mehr über mich lachten. Das war nicht der angestrebte Effekt, wenn ich ehrlich sein soll.

Ich könnte Ihnen noch einige solcher Geschichten erzählen von Männern, die plötzlich die Rennlizenz für den Motorsport anstrebten, auf den nächsten 8000er-Berg klettern oder den New-York-Marathon bezwingen wollten, um sich noch einmal so richtig jung und verwegen zu fühlen – und die alle auf die ein oder andere Weise tragisch scheiterten. Nichts gegen hohe Ziele – aber sie sollten ein gewisses Maß an Realismus beinhalten, finde ich. Sonst tragen sie nämlich nicht zur gefühlten Verjüngung bei, sondern nur zu altersgerechten Gebrechen und überflüssigen Verstümmelungen, ganz abgesehen von der sozialen Verelendung, die man bei der Ausübung solch gefährlicher und zeitaufwändiger Sportarten riskiert.

4 Berufswechsel

Na gut, Sie sind jetzt schon 25 Jahre bei der Versicherung und empfinden es nicht mehr jeden Tag als Sensation, Ihr

Büro zu betreten. Im Prinzip spricht auch nichts gegen ein wenig Abwechslung im Leben. Doch bevor Sie jetzt Ihren Job kündigen und Ihrem bass erstaunten Umfeld berichten, dass Sie auf Yogalehrer, Coach oder Buchhändler umsatteln wollen, weil Sie schon immer ein Faible für Sport, Halbtagsarbeit und die Romane von John Irving hatten: Denken Sie noch mal gut drüber nach. Ich möchte nicht klingen wie ein Sofakissen, aber ich gebe zu bedenken: Ihre Ausbildung und der Job, der sich anschloss, haben Ihnen immerhin ein Mittelklassefahrzeug und das Reihenhaus bezahlt, von den Urlauben ganz zu schweigen. Ihr neues berufliches Ziel mag sich ja vor Ihrem geistigen Auge aufgerüscht haben wie ein Wimmelbild der Freude, aber bei einem Blick hinter die Kulissen wird's schon ein wenig trüber: Wie viele Yogalehrer soll Deutschland noch verkraften und wie hoch ist der Prozentsatz der angehenden Senioren in diesem Metier? Auch ein Coach – oder Berater, wie das eine Nummer größer gern genannt wird – muss erst mal eine Expertise in einer Disziplin mitbringen, die viel Beratungsbedarf generiert. In vielen Branchen ist der Begriff »Coach« oder »Berater« doch bloß die selbst gewählte Bezeichnung für all diejenigen, die sich aus welchen Gründen auch immer aus dem ersten Arbeitsmarkt verabschiedet haben und nicht bei der Agentur für Arbeit auflaufen wollen. Schließlich: der Buchhändler. Ein Mensch, dessen Job mit feiner Literatur so viel zu tun hat, wie der des Bademeisters mit dem Schwimmsport. Sie werden Beziehungsratgeber und lustige Kalender verkaufen, aber nicht mehr dazu kommen, viel zu lesen.

Zugegeben, das waren ohnehin nur einige willkürliche

Beispiele, in Wahrheit wollten Sie vielleicht ein Hotel eröffnen, mit einer mobilen Wurstbude durchs Dorf rennen oder Ledertaschen aus Marokko importieren. Aber auch hier ließen sich im Einzelfall sicher eine Menge vernünftige Gründe anführen, die gegen Ihre Lebenswende sprechen. Es ist nicht so, dass ich *generell* von jeder Kehrtwende abraten würde. Ich würde Ihnen nur empfehlen, sehr genau über Ihren Veränderungswunsch nachzudenken – vor allem dann, wenn er sich ausgerechnet zwischen dem 40. und 45. Lebensjahr meldet und Ihr neues Berufsfeld aus dem Nichts vor Ihnen auftaucht. Möglicherweise ist diese neue professionelle Perspektive ja bloß ein fragiles Luftschloss und Ihr vermeintlich langweiliges Reihenhaus muss in drei Jahren zwangsversteigert werden.

5 Neue Garderobe

In modischer Hinsicht können Sie sich schnell zum Deppen machen. Niemand erwartet von Ihnen, dass Sie mit dem Eintritt ins fünfte Lebensjahrzehnt plötzlich beginnen, graue Popelinmäntelchen und scharf gebügelte Baumwollhosen zu tragen. Doch wenn Sie zeitlebens modisch eher unauffällig im Mainstream mitsurften, ist es ganz sicher keine gute Idee, in der Lebensmitte mit Cargo Pants, Cowboystiefeln aus Schlangenleder oder Pelzmänteln im Liberace-Stil aufzuwarten, wenn gerade kein Verkleidungsfest ansteht. Es ist nichts dagegen einzuwenden, sich ein wenig modisch aufzurüschen, wobei *modisch* immer im Kontext gesehen werden muss: Harald Glööcklers Gewänder zum Beispiel mögen in einem gewissen Sinne modisch sein, aber nur in Kreisen von Menschen, die sich abends die ›Geissens‹ im Fernsehen anschauen und einen rosa Rolls Royce tiefer legen lassen. Vergessen Sie auch Justin Bieber oder Tokyo Hotel, die Stilikonen von Jungs, die sich jeden Morgen im Badezimmer entscheiden müssen, ob sie sich mal wieder rasieren oder schon wieder einen runterholen müssen – wenn Sie in einer *Herrenbutike* etwas sehen, das Sie sich auch an ihrem 20-jährigen Neffen vorstellen können, dann lassen Sie die Finger davon. Mein Rat: Suchen Sie sich eine geschmackssichere, nahezu gleichaltrige Person in Ihrem Freundeskreis und lassen Sie sich im Zweifel beraten. Das hat bei mir auch manchmal funktioniert. (Obwohl ich den Parka von Helmut Lang trotzdem gekauft habe – und mich dreimal im Jahr fühle, als sei Kurt Cobain in meinen Körper gefahren.)

6 Diäten

Vermutlich ist es wirklich keine schlechte Idee, mal ein paar Kilos abzuspecken. Doch tun Sie es aus den richtigen Gründen. Versuchen Sie nicht, innerhalb von sechs Monaten in einen Körper wie den von Brad Pitt zu seinen besten Zeiten hineinzuschrumpfen. Zum einen werden Sie es in 99 Prozent aller Fälle nicht schaffen, auch nur in die Nähe eines Sixpackers zu kommen, selbst wenn Ihnen ›Fit for Fun‹ diesen Effekt durch ein 48-Stunden-Work-out verspricht. (Ich frage mich ohnehin, warum noch nie eine Armee von frustrierten ›Fit for Fun‹- oder ›Men‘s Health‹-Lesern in die Redaktion dieser Märchenonkel eingedrungen ist und die Redakteure 48 Stunden lang ihre eigenen Übungen nachturnen ließ.) Zum anderen werden Sie ein paar Wochen ein sehr unschönes Leben führen, in dem Sie ständig hungrig und müde sind, in dem Sie vor Übellaunigkeit in Ihren Hund beißen möchten und die mitleidigen Blicke Ihrer Frau Sie zur Weißglut treiben werden. Und für was? Für drei Kilo weniger, die Ihnen Ihre Waage gnädig zugesteht. War es, *ist es* das wert? Meistens nicht: Nur, wenn Sie sich einen Lebensstil angewöhnen, der Sie in der Küche fröhlich macht und gleichzeitig etwas Spaß in Turnschuhen garantiert, wird Ihr Körper auf Langstrecke wieder zu Ihrem Selbstbild zurückfinden – auch ohne alberne Diäten. Und vor allem mit einer Halbwertszeit, die Ihre Midlifecrisis überdauert.

7 Auswandern

Kein Satz hat so viel Unsinn angerichtet wie: »Ich möchte da leben, wo andere nur Urlaub machen!« Das mag ein hehrer, nachvollziehbarer Wunsch sein, vor allem, wenn man aus Schleswig-Holstein stammt oder Clausthal-Zellerfeld, also Gegenden, wo an neun Monaten im Jahr Regen, Wind und Dunkelheit zu Hause sind. Aber Vorsicht: Schauen Sie doch mal zum Spaß bei ›Die Auswanderer‹, ›Mein neues Leben‹ oder ›Goodbye Deutschland‹ vorbei und überlegen Sie, ob Sie *wirklich* so enden wollen wie die meisten der Deutschland-Flüchter im Fernsehen: Plan-, arbeits- und nach einer Weile auch völlig mittellos stehen sie auf Mallorca vor dem Ballermann oder in Skandinavien vor einem hübschen Bergsee und wundern sich, dass die Einheimischen so eine komische Sprache sprechen und für Lebensmittel die gleichen Preise aufgerufen werden wie in Gelsenkirchen oder Frankfurt. Vollpension, das war Urlaub! Aber mit einem Urlaub hat der gern in der Midlifecrisis entstandene Wunschtraum vom permanenten Leben am Strand nur wenig zu tun. Glauben Sie mir, in Australien werden deutlich weniger deutsche Kellner, Köche oder Kachelofenbauer gesucht, als Sie gedacht haben. Und noch eine Info: Rund drei Viertel aller Auswanderer sind innerhalb weniger Jahre wieder zurück in ihrer vermeintlich so spießigen Heimatstadt. Nicht unbedingt fröhlicher – aber meistens ärmer.

8 Noch mal groß rauskommen

Sie lesen das jetzt immer häufiger: Ein Start-up-Unternehmen hat ein paar Millionen für eine Geschäftsidee kassiert, die sich im Prinzip Ihr 7-jähriger Sohn ausgedacht haben könnte. Ein entfernter Bekannter hat in ein dubioses Biotechunternehmen investiert und eine unfassbar hohe Rendite erlöst. Und selbst der Markttandler, der aus Goa handgeschnitzte Schmuckkästchen importiert, kann sich mit dem Erlös ein Ferienhaus auf Sardinien leisten. Da wollen Sie als braver Steuerzahler nicht länger nur zuschauen und auch einmal am großen Rad drehen. Sie möchten eine Geschäftsidee entwickeln, einen Businessplan schreiben, zur Bank Ihres Vertrauens gehen und einen großen Kredit lockermachen. Aber Vorsicht: Selbst auf den ersten Blick alberne Erfolgsideen werden selten in der Midlifecrisis geboren. (Betonung auf Erfolg ...) Sie entspringen meistens einer genauen Kenntnis des jeweiligen Produkts und des Marktes, in dem selbiges an den Start gehen soll. Und sollte Ihnen eine Bank einen hohen Geldbetrag aushändigen, basiert das selten auf einer realistischen Risikoeinschätzung, sondern dem schnöden Wunsch, Geld mit Ihnen zu verdienen. Es gilt, was bei vielen Entscheidungen in dieser heiklen Phase Ihres Lebens gilt: Prüfen Sie sich, brechen Sie keine Entscheidungen übers Knie, behalten Sie die Bodenhaftung. Auch wenn es schwerfällt.

9 Neue Freunde

Einer meiner Freunde hat einmal gesagt: »Ich brauche keine neuen Leute, die alten finde ich schon anstrengend genug!« Ich finde, wir reden hier von einem weisen Mann. Es ist anspruchsvoll, Menschen kennenzulernen, die man irgendwann Freunde nennt. Es dauert Jahre und es ist ein absichtsloser, geduldiger Prozess. Wer mit 40 oder 45 Jahren beginnt, seinen Freundeskreis aus einer Laune (und dieser ominösen »Krise« heraus) möglicherweise etwas *langweilig* zu finden, der schießt sich in Wahrheit selbst ins Bein: Er hält das, was er die letzten 20 oder 25 Jahre sein Leben nannte, nicht mehr für ausreichend spannend, will Veränderungen, einen neuen Kick – und dazu gehören eben auch *neue* Leute: Spannende Menschen, interessante Zeitgenossen, die ihm einen anderen, aufregenderen Blick auf die Welt ermöglichen sollen. Das ist ein leichtsinniger Wunsch, denn so stößt man all jene vor den Kopf, die bislang verlässliche, wohlwollende Freunde gewesen sind, und spekuliert auf jene, die nur einen kleinen, wenig repräsentativen und kaum erprobten Bestandteil der eigenen Persönlichkeit kennengelernt haben. Die Wahrscheinlichkeit, dass Sie nach dem Abklingen des konventionellen Midlifecrisis-Aktionismus wieder der werden, der Sie immer waren, ist groß – und das ist in den meisten Fällen auch eine wünschenswerte Entwicklung. Vorausgesetzt, es ist Ihnen gelungen, ein paar Ihrer alten Freundschaften zu konservieren.

10 Schönheits-OP

Sie können das Alter nicht überlisten. Sie können nicht mal die Spuren des Alters überlisten. Und es wird Sie vielleicht überraschen, wenn ich noch einen Schritt weiter gehe und behaupte: Schon in dem Moment, in dem Sie genau das versuchen – durch eine Botox-Spritze vielleicht, eine verkleinerte Nase, eine gestraffte Brust –, verleihen Sie dem Alter eine Macht über sich, die ihm nicht zusteht. Jeder Mensch sollte in Würde altern, und er tut das, wenn er aufrechten Ganges und mit offenem Blick zu dem Leben steht, zu dem er sich nun seit 40 oder 50 Jahren entschieden hat. Mit allen Konsequenzen. Sie können gesund leben und auf Ihren Körper achten, Sie können sich auf seine Bedürfnisse einstellen und verantwortungsvoll mit Ihren Ressourcen haushalten, Sie können gut zu sich sein. Aber Sie können nicht mit 40 Jahren anfangen, Ihre Falten zu eliminieren, Ihr Bauchfett abzusaugen, Ihren Magen zu verkleinern oder Ihre Wangen bis unter die Ohren zu raffen. Obwohl – Sie *können* es schon. Aber es wird nicht den gewünschten Effekt haben. Sie werden nicht schöner aussehen hinterher, Sie werden nicht jünger wirken. Stattdessen werden für jeden Menschen, der eine Sekunde länger hinsieht, Ihre Korrektur sichtbar, Ihre Reparatur. Und damit, dass Sie nicht einverstanden waren mit sich und dem äußeren Abbild Ihres Lebens. Sie werden maskenhaft wirken, unnatürlich und bemitleidenswert oberflächlich. Vielleicht werden einige Menschen sogar denken: Für Ihr Alter sieht sie, sieht er noch ganz gut aus. Aber niemand wird Sie mehr sehen können, *ohne* an Ihr Alter zu denken. Und daran, dass Sie einen Krieg gegen sich selbst führen.

ZU GAST AUF DER Ü40-PARTY? WARUM NICHT!

Ü40-Partys haben einen schlechten Ruf, genauso wie der Karneval oder das Motto-Fest als solches. Dabei sind solche Veranstaltungen eine prima Möglichkeit, sich mit dem fortschreitenden Alter auszusöhnen.

Nostalgie ist die Sehnsucht nach der guten alten Zeit,
in der man nichts zu lachen hatte.
Charles Aznavour

Lange Jahre habe ich über Menschen gelacht, die Ü30-Partys besuchten. Die Jahre danach brachte ich damit zu, über Menschen zu lachen, die nicht mal Ü40-Partys peinlich fanden. Inzwischen bin ich über 50 und warte auf den Tag, an dem Ü50-Partys in den Eventkalendern der Stadtzeitungen auftauchen. Eines Tages wird es so weit sein, alle demographischen Anzeichen sprechen dafür. Ich bin allerdings nicht sicher, ob ich dann immer noch über deren Klientel lachen werde. Wahrscheinlicher ist es, dass ich mir die Eckdaten dieser Veranstaltungen in meinem Timer notiere und selber mal vorbeischaue. Es ist mir nämlich in der Zwischenzeit im Hals stecken geblieben, dieses Lachen. Das liegt an einem katholischen Brauch, den ich in den letzten Jahren zu schätzen lernte. Wir reden über Karneval. Obwohl ich in Hamburg lebe, verbringe ich seit einiger Zeit in jedem Februar das verlängerte Wochenende von Weiberfastnacht bis Aschermittwoch bei Freunden in Köln. Ich reise mit dem Zug an, im Koffer Garderobe in merkwürdigen Farben und betont lustige Dinge wie Tröten, Brillen oder Furzkissen. Die Basis meiner Verkleidung aber besteht aus einer Perücke in OP-Saal-Blau, die sich im Stil an den Frisuren der Gallagher-Brüder von Oasis orientiert, die Älteren mögen sich erinnern. Innerhalb der Hamburger Stadtgrenzen wäre das Tragen einer solchen Perücke ein unverzeihlicher Ausdruck sittlicher Haltlosigkeit, zumal ich mich schon vor Jahrzehnten radikal von den überschaubaren Resten meines Haupthaares getrennt habe. Aber im Karneval zu Köln ist so eine Perücke kein Problem, nicht einmal ein Hingucker: Ich bin bloß ein alberner 50-Jähriger mehr, dem seine Würde bis zum Aschermittwoch am Allerwertesten vorbeigeht. Abgesehen vom Selbstverfremdungseffekt (der aus Gründen, die hier nicht weiter erläutert werden müssen, im Karneval sehr willkommen ist) birgt so eine schicke Perücke für Männer meines Alters noch einen weiteren Vorteil: Wir sehen damit objektiv jünger aus, als wir sind. Zwar pink- oder blauhaarig und damit ein wenig schräg, aber deutlich jünger. Was für ein angenehmer Effekt, wenn Selbstwahrnehmung und Außenwirkung endlich mal einen Schritt aufeinander zugehen. (Wir erinnern uns an den Umstand, dass Menschen sich in der Regel sechs bis acht Jahre jünger verorten, als sie es laut Personalausweis wirklich sind.)

Es gefällt mir auch deshalb im Kölner Karneval so gut, weil es sich hierbei um eine zutiefst demokratische Veranstaltung handelt: Arm feiert hier mit Reich, Jung mit Alt – allein schon, weil die Grenzen hinter der Kostümierung fließend und im Zweifel sowieso nicht so gut zu erkennen sind. Das Schöne am Karneval ist die vollkommene Abwesenheit von gesellschaftlicher Distinktion, die sich erkennbar in dem kollektiven Willen manifestiert, einmal für einen kurzen Moment im Jahresablauf alle Fesseln der Zivilisation hinter sich zu lassen. Im Karneval darf man trinken wie ein russischer Kosake, so schräg und laut singen wie Troubadix und sich verkleiden wie die Biene Maja – niemand wird sonderlich Notiz davon nehmen und vor allem: bewerten. Die größte anzunehmende Albernheit wird keine Folgen haben. Wie der zu Unrecht eher unbekannte Aphoristiker Uhlenbrock schon im letzten Jahrhundert schrieb: »An Karneval maskiert man sich, um die Masken fallen zu lassen!« Und am Aschermittwoch ist dann *wirklich* alles vorbei. Die Bereitwilligkeit zur kollektiven Amnesie (oder auch Amnestie, je nachdem, was in den vergangenen sechs Tagen vorgefallen ist) ist im Rheinland ausgeprägt und langjährig erprobt.

Im Prinzip ist so ein sechstägiger Feiermarathon im Februar also die seltene Möglichkeit, sich noch einmal zurückzubeamen in seine eigene Vergangenheit. Das funktioniert in jedem Alter. Falls Ihnen eine nennenswerte Pubertät beschieden war, erinnern Sie sich sicherlich noch an viele Wochenenden, die Sie sorglos und relaxed in irgendeinem Zeitloch verfeierten, beseelt von den Getränken der Saison und erfüllt vom Bewusstsein des jungen Menschen, dass der Ernst des Lebens schon noch früh genug kommen wird. Irgendwann IST er dann wirklich gekommen und hat Frau, Kinder und ein Reihenhaus dabeigehabt, und seitdem fühlt sich ein bunter Abend mit Wanderfreunden oder die »italienische Nacht« im Urlaubsclub schon wie der Höhepunkt der persönlichen Partysaison an.

Es sei denn, Sie beamen sich – siehe oben – im Februar nach Köln. Oder, um zum Anfang dieses Kapitels zurückzukehren: Sie besuchen eine Ü30-, Ü40- oder Ü50-Party in Ihrer Heimatstadt, denn auch solch eine Veranstaltung enthält alle Bestandteile eines karnevalistischen Pakets. So eine Üx-Party wirkt nämlich nur auf den ersten Blick wie die freiwillige Teilnahme an einer sonderpädagogischen Maßnahme für Frühvergreiste. Wenn man ehrlich ist, steckt doch schon im Ausschluss des Jungvolks sehr viel Schönes. Endlich sind wir mal unter uns – das soll schlimm sein? Es ist ja nicht so, dass wir die jungen Menschen um uns herum vermissen würden. Sie sind doch sowieso schon überall: im Job, im Fernsehen, in den schicken Restaurants. Vermutlich hocken sie sogar in Ihrem Wohnzimmer und verlangen mit verächtlichem Blick, dass Ihre »Oldies but Goldies«-Mucke endlich leise gedreht wird, damit sie in Ruhe ›DSDS‹ gucken oder auf der Playstation wüten können. So eine Üx-Party wäre also eine Art geschützter Raum, in dem Sie Ihr Recht auf ein wenig Nostalgie für ein paar Stunden mit Leben füllen können, ohne dass eine garstige Miniaturausgabe Ihrer selbst Sie genervt anätzen würde: »Alter, du bist sooo peinlich, ey.«

Man trifft dort Brüder und Schwestern im Geiste, die in

ihrer Jugend die gleiche Musik gehört haben, die mit den gleichen Modesünden aufgewachsen sind und vermutlich auch über den gleichen Kanon an blümeranten Erinnerungen verfügen. Keine langen Erklärungen sind notwendig, um sich verständlich zu machen, kein entschuldigendes Schulterzucken in Richtung derer, die aus einer anderen Generation stammen und Ihre Riten und Gebräuche nicht verstehen wollen. Glauben Sie mir: Es macht durchaus einen Unterschied, ob Sie auf der Ü40-Party im Kreise Gleichgesinnter zu den Klängen Ihrer Jugend hopsen oder ob das in einer Bar für Jetztzeit-Hipster geschieht, wo einen die Youngster am liebsten im nächsten Seniorenstift abliefern würden. Dabei haben Sie ein verdammtes Recht darauf, hin und wieder nicht darüber nachdenken zu müssen, wie Sie in der Öffentlichkeit wahrgenommen werden. Es muss Momente geben, da sollte es Ihnen herzlich egal sein, ob Sie Ihren Kindern ein gutes Vorbild sind oder ob das, was Sie da grade treiben, noch tanzen ist oder schon kollabieren. »Wenn keine Narren auf der Welt wären, was wäre dann die Welt«, fragte sich schon Goethe. Nein, tauchen Sie ohne schlechtes Gewissen ab in dieser närrisch-wohlwollenden Gemeinschaft, ohne dafür zur Rechenschaft gezogen zu werden. Es ist ein Ausflug nur für kurze Zeit, aber Sie dürfen ihn reuelos genießen. Das sind die wahren Freuden des Alters, von denen man hin und wieder liest.

Ich schätze, aus demselben Grund sind diese vielfältig angelegten Motto-Partys so beliebt, zu denen vor allem fidele Senioren in den letzten Jahren vermehrt einladen. Sie haben das sicher auch schon registriert: Ihre älteste Freundin heiratet? Aber sicher nicht, ohne vorher die Losung auszugeben, dass die Feier im Stile von »Der große Gatsby« abzulaufen habe, weiße Anzüge und ebensolcher Blumenschmuck inklusive. Eine Silberhochzeit in der Nachbarschaft? Auf der Einladung steht, dass man sich darüber freut, wenn die Gäste als »Halbstarke« anreisen und entweder als James Dean, aber doch wenigstens als Horst Buchholz oder Hardy Krüger auftreten könnten. Oder zum 60. wird vom Geburtstagskind konsequenterweise gleich die Losung ausgegeben, dass »Sechzig das neue Dreißig« sei, wie Jan Weiler neulich in einer amüsanten Kolumne einer Sonntagszeitung schrieb. Die Gäste hätten sich dafür bitte schön im Look von 1982 einzukleiden, ansonsten: Spielverderber! Jan Weiler findet solch eine Einladung prinzipiell fragwürdig, wenn ich ihn richtig verstanden habe: »Die Menschen altern nicht mehr widerstandslos.« Offenbar bewerten Jan Weiler und ich solche Feten aber vollkommen unterschiedlich. Er beschreibt in seiner Kolumne recht ausführlich, welchen Verlauf dieses Fest – zu dem er mit Bundfaltenhose, schmaler Lederkrawatte und spitzen Schuhen vom Dachboden antrat – dann tatsächlich nahm: »Fünf quietschvergnügte 60-Jährige tobten durch Klausens Wohnzimmer und amüsierten sich mit Musik von Hubert Kah, Fräulein Menke, Extrabreit und UKW. Man kann derartige Situationen nur durch Anpassung überleben.«

Es liest sich beim gequälten Humoristen Weiler so, als sei er zwar irgendwie noch mal knapp mit dem Leben davongekommen, hätte aber eigentlich viel lieber *quality time* in einem Gulag in Sibirien verbracht, als sich mit ein paar aufgepeitschten Senioren auf eine musikalische Reise in die Vergangenheit zu begeben. Ich bin nur wenige Jahre älter als Jan Weiler, aber für mich rockt die Idee ganz ordentlich, meinen 60. Geburtstag genau so zu begehen! Und der Satz Weilers »Am nächsten Tag lag ich lange im Bett, ungefähr bis zum *Tatort*«, klingt für mich überhaupt nicht abschreckend, im Gegenteil. Ich wünschte, ich hätte noch viel regelmäßiger gute Anlässe für Ausschweifungen dieser Art. Leider kann man nicht einfach am Wochenende losziehen und nach einem Ort suchen, der einem solche Vergnügungen seriell garantiert – das wäre hoffnungslos, einen solchen Ort gibt es nicht. Man muss schon den Mut haben, eine Ü40- oder -50-Party zu besuchen oder ein Fest, auf dem das dazugehörige Motto gleich ein paar originelle Verkleidungsangebote mitliefert. Karneval wäre wie gesagt auch eine Option. Aber das würde ich für den Anfang nur fortgeschrittenen Zeitreisenden empfehlen.

LIEBE & ALTER

Verlieben macht Spaß, keine Frage. Allerdings kann man dabei eine Menge falsch machen, je unroutinierter man die Sache angeht. Über den Segen der Erfahrung.

Ein Kompromiss ist dann vollkommen,
wenn alle unzufrieden sind.
Aristide Briand

Meine Frau ist weit davon entfernt, perfekt zu sein. Sie hat sich auch nie darum gekümmert, wie das, was sie den lieben langen Tag so treibt, bei mir ankommt. Umgekehrt halte ich es ähnlich: Ich lebe wie ein Single, der nicht allein sein will. Das klingt nach einer furchtbaren Beziehung? Falsch. Es ist die beste, die ich je hatte. Und sie wäre vor 10 oder 20 Jahren mit mir noch nicht möglich gewesen.

Ich kann Ihnen sagen, was das Problem bei der Fahndung nach dem idealen Partner ist: Frauen und Männer suchen da draußen nicht bloß nach einem emotionalen Grundversorger. Sie suchen nach einer Person, die zu ihnen passt, die ihre Witze versteht, ein paar ähnliche Lebensziele hat und möglichst auch noch ihrem visuellen Beuteschema entspricht. Sie suchen nach einer besseren Ausgabe von sich selbst, wenn wir mal ehrlich sind. Das ist im Prinzip auch kein schlechter Ansatz, wenn man davon absieht, dass die Zielgruppe dieses Anforderungsprofils extrem klein zu sein scheint. Was man da in der Vergangenheit in Clubs, auf »Fisch-sucht-Fahrrad-Partys« und in Online-Börsen kennengelernt hat, fällt schließlich meistens schon nach dem ersten Blick oder dem zweiten Satz durchs Raster. Irgendwann wird dann selbst ein geduldiger Single zu einem Opfer dessen, was der Schweizer Schriftsteller Alain de Botton unter dem Begriff »romantischer Fatalismus« subsumiert: »Romantischer Fatalismus bewahrt uns vor dem Gedanken, dass das Bedürfnis zu lieben immer unserer Liebe zu irgendeiner bestimmten Person vorausgeht.« Heißt, schlichter: Wir wollen da draußen um jeden Preis jemanden finden, und wir *werden* da draußen jemanden finden, weil wir uns entschieden haben, zu lieben und eine Beziehung zu führen. Dieser Wunsch ist einfach machtvoller als unser rationales Urteilsvermögen bei der Einschätzung der Personen, die für so ein Abenteuer auch unter möglichst objektiven Gesichtspunkten in Frage kommen.

Womit wir wieder beim Thema wären, oder auch: beim Elend. Denn, mal ehrlich: Wie viele unserer Freunde und Bekannten stecken in glücklichen Beziehungen, haben sich eine Person für ihr Leben gesucht, die wirklich zu ihnen passt? Nicht viele.

Das war bei geselligen Zusammenkünften in meiner Bezugsgruppe immer ein beliebtes Spielchen nach dem dritten Bier: Zeig mir ein Paar, das wirklich glücklich miteinander ist! Meistens konnten wir uns im Laufe eines lästerlichen Abends auf maximal zwei, drei Paare verständigen, von denen wir dann im Laufe der folgenden Monate nicht selten eines Besseren belehrt wurden.

Üblicherweise versteckt sich bei Menschen, die füreinander entflammt sind, das Potenzial für grundsätzliche Differenzen hinter der Fassade des beiderseitigen Vortanzens. Die unterschiedlichen Sozialisationen, die sich daraus ergebenden Eigenheiten und Werte, die Lebensperspektiven – all das verschwindet erst einmal hinter Was machst du/ was hörst du/ wie siehst du aus? Erst im Laufe der Zeit werden die Umrisse der Persönlichkeiten erkennbar, und beide Partner beginnen sich zu fragen: Warum er? Warum sie? Ganz schön unbequem, wenn diese Fragen dann nicht zufriedenstellend beantwortet werden können und die gemeinsame Wohnung schon bezogen ist.

Heißt das, dass so eine Beziehung in den ersten Monaten immer ein Blindflug ist, bei dem man erst viel später sieht, wo und wie man landet? Nicht zwangsläufig. Wer genau hinschaut und sich nicht von hormonellem Überschwang und den eigenen Projektionen blenden lässt, hat durchaus eine Chance, die Sollbruchstellen einer Beziehung auch im Frühstadium zu erkennen. Man darf nur nicht den Fehler machen, allzu viel Toleranz aufzubringen und sollte stattdessen seinem Frühwarnsystem vertrauen. Denn hier – und nur hier – ist Toleranz kein guter Ratgeber. Es braucht ein wenig Lebenserfahrung, die Signale richtig zu deuten. Früher reichten formschönes Bindegewebe und gutes Timing aus, sich blitzschnell zu verlieben. Ohne Kompromisse. Bedingungslos. Und wie oft stellte sich das schon in Woche drei als Irrtum heraus, als quälende Schleife, aus der man nur unter absurdesten rhetorischen Verrenkungen wieder flüchten konnte. Und wie schön ist das heute, an einem Punkt angekommen zu sein, wo grelle Oberflächenblitze einfach an einem abprallen wie an einem faradayschen Käfig. Seien wir mal einen Moment ehrlich und erinnern uns an die gefährlichen Liebschaften der Vergangenheit. Was waren die Gründe für ihr Scheitern? (Abgesehen von der Frau, die heimlich ein Doppelleben mit zwei Männern in unterschiedlichen Städten führte oder einem notorischen Fremdgänger – also den Psychopathen, die hier ausnahmsweise mal keine Rolle spielen sollten.)

War es vielleicht *sein* emotionaler Geiz, *ihre* unerträgliche Eitelkeit? Beim ersten Date waren Sie aber damals noch ganz angetan von seiner Entschlossenheit, mit der er auf getrennter Kasse bestand, schließlich wollte er doch nur den Eindruck vermeiden, Sie zu kaufen! Oder, anderer Fall: Haben Sie es nicht am Anfang genossen, dass sich Ihre neue Freundin – offenbar ja nur für Sie – aufbrezelte wie ein Funkenmariechen?

Im Laufe der Zeit kann aus so einem Haarriss in der Beziehung ein riesiger Canyon werden, und zwar dann, wenn die natürliche Schnittmenge zweier Menschen klein, zu klein ist: Sie hätte gern eine große Familie, er kann sich nicht mal *ein* Kind vorstellen? Sie wandert gern auf Sylt und zeltet wild in Irland, er fühlt sich in Goa und auf Ibiza wohl? Sie träumt von einem Reetdachhaus in Brandenburg, er spart auf die Fabriketage in Kreuzberg? Sie hat den Knigge schon als Vorschülerin inhaliert, er isst Suppe durch die Nasenlöcher? Sie redet, er schweigt, sie hört Oper, er twittert ununterbrochen? Sie gibt 20 Euro im Monat an PLAN International, er gibt sich die Kante? Sie hat einen Mini Cooper Cabrio, er fährt aus Überzeugung Fahrrad, sie schläft auf dem Futon, er im Wasserbett? Banalitäten größtenteils, zugegeben, die in der Summe aber zu einem unüberwindlichen Beziehungskiller werden können.

Das ist das Schöne als Single-Senior: Beziehungen, von denen schon im Ansatz erkennbar ist, das sie keine Chance haben, kriegen von ihm auch keine. Das spart wertvolle Lebenszeit. Die meisten Lieben enden ja nicht, weil man im Nahostkonflikt nicht auf einen gemeinsamen Nenner kommt, sondern weil man es nicht schafft, den Abwasch zu bewältigen – jedenfalls aus Gründen aus diesem Themenkomplex. Man erträgt es einfach nicht mehr, nur noch einen Tag länger mit der Person an einem Tisch zu sitzen, die sich nach den ersten erotischen Wirren in qualvoll zähen Monaten als sozialer, kultureller und intellektueller Sondermüll entpuppt hat.

Hey, das ist jetzt aber ein bisschen hart, denken Sie, und es stimmt ja auch schon nicht mehr, wenn man in der Lage wäre, einen Meter zur Seite zu treten und einen distanzierten Blick auf die ganze Chose zu werfen. Aber der Widerwille und die Aggression, die sich im Laufe der Zeit angestaut haben, lassen einen im Endstadium solch einer Geschichte halt ein bisschen unfair werden.

Das sind traurige Momente, wenn man realisiert, dass man es mal wieder nicht hinbekommen hat, dass man wieder zurück auf Los geschickt wird, ohne Belohnung und die Gewissheit, dass es beim nächsten Mal aber wirklich besser klappt. Es ist deprimierend auch deshalb, weil man sich die letzten Monate, vielleicht sogar Jahre hätte sparen können, wenn man gleich auf die kleinen Risse im Beziehungsgefüge geachtet hätte. Man kann sich vielleicht mit Nasenhaaren arrangieren und Tina Turner-CDs im Schrank, aber mit fehlendem Taktgefühl, egoistischem Sozialgebaren oder emotionaler Verkümmerung lebt es sich auf Dauer einfach schlecht zusammen. Es ist ein Irrglaube anzunehmen, Menschen würden sich im Laufe der Zeit schon auf die gewünschte Weise verändern, wenn man nur lange genug daran arbeitet. Das ist eine Illusion. Es passiert seltener, als Lothar Matthäus ein unbedenklicher Satz herausrutscht. Und selbst, wenn es klappt, wollen Sie das Produkt Ihrer Gehirnwäsche unter Umständen auch nicht behalten. Das wusste sogar schon Barbra Streisand, die für gewöhnlich in Liebesdingen nicht unbedingt als zuverlässiger Ratgeber diente: »Zehn Jahre müht eine Frau sich ab, die Gewohnheiten ihres Mannes zu ändern, und dann beklagt sie sich, er sei nicht mehr der, den sie geheiratet habe.«

Nein, es hilft nichts. Bei der Partnersuche läuft es anders als im Bundestag oder am Verhandlungstisch zwischen Verdi und den Arbeitnehmerverbänden: Kompromisse können Sie vergessen. Kompromisse bringen einen vielleicht über ein paar Monate, aber nie ans Ziel. Toleranz bei der Partnersuche ist ein schlechter Ratgeber. Es muss passen, schon ganz am Anfang, zu einhundert Prozent. Ohne Zweifel. Selbst dann gibt's keine Garantie für eine fortwährende, dauerhafte Liebesbeziehung, aber die Chancen stehen in diesem Fall nicht schon bei Spielanfang bei null.

Die gute Nachricht dabei: Je älter man wird, umso deutlicher spürt man, wann und mit wem es zu hundert Prozent passen könnte. Und, ganz wichtig: Wer nicht völlig erfahrungsresistent durch die Welt schlittert, hat realisiert, dass der Mensch, mit dem man sich freiwillig verbunden hat, nicht verantwortlich für das *eigene* Wohlergehen ist. Das ist in jungen Jahren ein weit verbreiteter Irrglaube. Zu hohe Erwartungen und der Wunsch nach totaler Symbiose überfordern *jede* Beziehung. Sich selbst zu kennen und nicht allzu scheiße zu finden, den Partner vorbehaltlos mit dem eigenen Ich zu konfrontieren und darauf zu hoffen, dass man damit durchkommt – *das* wäre der erste Schritt zu einer perfekten Beziehung. Und umgekehrt natürlich die Bereitschaft, das auch ganz konsequent seinem Partner zuzugestehen. Natürliche Schnittmengen, siehe oben, sind das Geheimnis erwachsener Beziehungen – und der Mut, auch auf sie zu vertrauen. Kompromisse in Herzensangelegenheiten dagegen sind wie die Riester-Rente oder Müsli – viel schlechter als ihr Ruf.

NICHT NUR DIE HARTEN KOMMEN IN DEN GARTEN (SONDERN AUCH DIE ALTEN)

Wie sich uncoole Dinge im Alter verwandeln und man sie auf einmal schätzen lernt. Und wie schön es sein kann, sich ein wenig Spießigkeit zu erlauben.

Dumme rennen, Kluge warten,
Weise gehen in den Garten.
Rabindranath Tagore

Immer häufiger ertappe ich mich dabei, wie ich denke: ganz schön spießig. Natürlich habe ich das früher noch viel häufiger gedacht. Da ging es aber immer um andere Menschen, deren nichtswürdiges Tun ich beobachtete und schließlich mit dem Verdikt: *Spießig!* aburteilte. In der letzten Zeit aber trifft es immer öfter mich selbst. Neulich zum Beispiel. Ich bin ja Hausbesitzer. (Nicht wirklich. Die Bank besitzt das Haus, ich bewohne es nur und versuche, es so lange instand zu halten, bis es uns wieder weggenommen wird.) Jedenfalls gehört zu diesem Haus auch ein großer Garten, den ich in den ersten Jahren unserer gemeinsamen Koexistenz von einem professionellen Gärtner pflegen ließ. Vor einigen Monaten aber ließ sich dieser erst nur flüchtige, später schon deutlich spürbarere Gedanke einfach nicht mehr unterdrücken: Ich wollte jetzt im Garten selbst aktiver werden. Immer nur Kuchen essen und Zeitung lesen kann ja auch ermüden. Also mähte ich den Rasen. Ich schnitt die Hecke. Ich rupfte Unkraut in den Beeten. Ich strich den Gartenzaun. Ich tat so ziemlich alles, was ich tun konnte, ohne mich (oder den Garten) zu verletzen bzw. zu zerstören. Und merkte: Hey, das macht ja richtig Spaß! Nicht auf diese adrenalingestützte Weise, so wie das früher eine vogelwilde Party, ein Snowboardevent oder ein Squashmatch Spaß machten. Nein, eher in einem meditativen Sinne: Ich vergaß, womit ich mich den Tag über beschäftigt hatte und versank zufrieden in einem neu entdeckten grünen Universum aus Knollen, Gräsern, Blüten und Giersch. (Auf den komme ich gleich noch mal zu sprechen.) Sie glauben nicht, wie beruhigend so ein Nachmittag im Garten sein kann. Es ist ein Mittelding aus körperlicher Ertüchtigung (allerdings ohne Ergebnisdruck) und meditativem Zen (nichts, was Sie in einem Garten tun, erfordert komplizierte intellektuelle Höchstleistungen). Am Ende eines Tages voller Gartenarbeit bin ich erschöpft und fröhlich zugleich, ein Effekt, der sich nach einem Tag harter Arbeit am Computer nur selten einstellt. (Und ein Kater droht am nächsten Tag auch nicht. Höchstens für die Muskeln, und das auch nur nach den ersten drei, vier Versuchen.)

Vermutlich hätte ich Gartenarbeit auch schon als Pubertist oder als Mittdreißiger schätzen gelernt, vorausgesetzt, ich hätte mir das nur ernsthaft erlaubt. Aber als ich damals für 15 Mark Schmerzensgeld den Rasen in unserem großen Garten mähen musste, kam ich nicht mal auf die Idee, dass solch eine Beschäftigung auch Spaß machen könnte. (Und der Umstand, dass mein Vater mich dafür bezahlte, war dafür auch irgendwie der falsche Ansatz.) Später dann war immer etwas anderes zu tun: verreisen, Fußball spielen, ein Buch lesen, ein Mädchen treffen; irgendwas ausprobieren, das ich noch nicht kannte und von dem ich mir sensationelle Ergebnisse versprach. Meistens zu Unrecht. Ich musste erst ein paar Jahre älter werden, um herauszufinden: Hey, ich muss gar nicht überall mitmachen, um das Gefühl zu haben, am Leben zu sein. Um mich wohlzufühlen, muss ich auch nicht mehr jeden Film gesehen, jedes Buch gelesen oder jede verdammte Party besucht haben – und das mit den Mädchen hat sich auch erledigt. (Hoffe ich.) Es reicht, sich an der frischen Luft aufzuhalten und sich mit etwas zu beschäftigen, für das man keine Maus, keinen Joystick oder Like-Button benötigt. Sogar schlechte Laune lässt sich im Garten wunderbar kompensieren. Ich muss in schlechter Stimmung nicht wie früher in ein Gym rennen und mir dort die Berechtigung erkaufen, mich von einem »Spinning«-Lehrer anbrüllen zu lassen oder auf einen Ledersack einzuprügeln. Nein, mein Aggressionspotenzial richte ich neuerdings ganz umsonst auf diese heimtückische Unkrautmutation namens »Giersch«. Ein hässliches Kraut, mit dem niemand Mitleid haben muss und das ich mit der gleichen Verve angreife wie RTL 2 die Volksgesundheit. Das Gute am Giersch? Man ist nie fertig mit dem Zeug. Kaum hat man 10 Kilo davon auf dem Komposthaufen abgeladen, wächst es an einer anderen Stelle schon wieder nach. Jüngere Männer als ich würden darüber verzweifeln.

Erst in den letzten Jahren schaffe ich es, ohne das unbehagliche Gefühl, etwas zu verpassen, ein ganzes Wochenende in Gummistiefeln im Garten zu verbringen, ein bisschen am Gartenhaus zu werkeln, Holzscheite für den Kamin zu zerkleinern, den Zaun zu reparieren oder sogar einen Kaninchenstall zu basteln. (Okay, das mit den Karnickeln stimmt nicht. *Noch* nicht ...) Was das heißt? Entweder bin ich jetzt wider Erwarten erwachsen geworden. Oder eben ein Spießer im Blaumann.

Dagegen spricht allerdings, dass da draußen um mich herum plötzlich auch in *Hipster*-Kreisen gegärtnert wird wie nichts Gutes. Das grüne, nachhaltige Leben ist plötzlich *trendy* geworden, die Zeitschrift ›Landlust‹ verkauft mehr Hefte als der ›Stern‹, und Menschen, die freitags und samstags in Berlin-Mitte-Clubs abhängen, fahren sonntags in ihre Schrebergärten und kultivieren ihre 40 Quadratmeter Salatbeet, das sie von einem schlauen Bauern für teuer Geld gemietet haben. Sogar Guerilla-Gärtner gibt es neuerdings – junge Menschen, die Zeit und Geld opfern, um die Verkehrsinseln in ihrer Nachbarschaft zu begrünen. Heißt das, dass ich wieder mal bloß einem juvenilen Trend aufgesessen bin und meine neu entdeckte Gartenliebe gar nichts damit zu tun hat, dass ich in die Jahre gekommen bin?

Nein, ich wiederhole es gern noch einmal: Ich *werde* zum Spießer. Und das ist auch gut so. Es gibt nämlich noch mehr Hinweise für diese Annahme. Die Sache mit den Dauerkarten zum Beispiel. Als mein Freund Greumel im letzten

Frühjahr die Bestellungen für die Saisontickets entgegennahm, die unser schütter werdender Kreis von Fußballfreunden nun schon seit den neunziger Jahren bei einem Fußballclub in Hamburg ordert, stritten wir anschließend wie die Kesselflicker. Dabei hatte ich bloß eine Diskussion anstoßen wollen: »Sollten wir nicht langsam mal darüber nachdenken, uns um Sitzplätze zu bemühen?«

Das Geschrei hätte nicht größer sein können, wenn ich angeregt hätte, geschlossen in die FDP einzutreten. »Sitzen is fürn Arsch« wurde ich reflexartig niedergebrüllt, meine Freunde – keiner jünger als 45 – schüttelten sich vor Abscheu bei dem Gedanken, in Zukunft auf einer Tribüne neben »Taubenzüchtern, Rentnern oder Werbern« hocken zu müssen. Dabei hatten wir in den letzten Monaten zusehends unter unserer Stadionumgebung gelitten. In der Mehrzahl wird die Südtribüne, auf der wir wacker seit Jahrzehnten stehen, nun von Fans besetzt, die während des Spiels ununterbrochen singen, auf und ab springen und auch sonst eine Menge Zirkus veranstalten, um das Team zu »supporten«. Nichts gegen einzuwenden aus meiner Sicht, diese 14- bis maximal 30-jährigen Youngster sind mit der Ultra-Bewegung im Stadion sozialisiert worden. Die kennen es nicht anders.

Diese Meute ist zufrieden, wenn sie 90 Minuten am Stück drei *chants* abspult und nach dem Schlusspfiff mit der Mannschaft eine laute Humba zelebriert, wenn das gewährleistet ist, nässt sich der ganze Block ein vor Freude. Was die Ultras allerdings nicht so gut draufhaben, ist auf das Spiel zu achten und darauf in irgendeiner Weise konkret zu reagieren. Nein, sie lassen es nicht mal zu, dass die Old-School-Fans in ihrer Umgebung möglicherweise das Match aufmerksam verfolgen wollen, so wie sie es gelernt haben. Ich sag es jetzt einfach mal: In der unmittelbaren Umgebung von Ultras ist der Besuch eines Fußballspiels eine gottverdammte Plage! So!

Ich weiß, für solch einen Satz komme ich in die Fanhölle, aber das Risiko gehe ich ein. All meine Freunde im Stadion sehen das im Prinzip ähnlich, die Konsequenz daraus allerdings scheuen sie wie der Teufel das Weihwasser, weil: »Sitzen im Stadion ist spießig!« Dieses Verdikt hat sich eingebrannt in ihre Fanseelen, so als ob ihnen auf einem Sitzplatz auf der Gegentribüne sofort die Menschenwürde entzogen würde.

Rationale Argumente, warum ein guter Fan ein Fußballspiel nicht im Sitzen ansehen darf, gibt es keine. Zumal man ja nicht auf seinem Sitz festgetackert wird, wenn sich auf dem Spielfeld Dramatisches ereignet. Es ist erlaubt, aufzuspringen, zu schreien, seinem (ebenfalls aufgesprungenen) Sitzpartner um den Hals zu fallen, kein Problem. Ich weiß allerdings seit langen Jahren, dass ich während 75 Minuten eines durchschnittlichen Spiels theoretisch wenig Veranlassung sehe, dringend aufzuspringen. Im Gegenteil: 75 Minuten des Spiels sehne ich mich als Stehrang-Besucher danach, mich endlich mal wieder *hinsetzen* zu können.

Natürlich habe ich mich in meiner Bezugsgruppe nicht durchsetzen können. Wir stehen immer noch alle 14 Tage in der Südkurve und freuen uns darauf, das Spiel hinterher noch mal in Ruhe in der Sky-Zusammenfassung sehen zu können, weil wir die wichtigsten Szenen im Stadion auf den Stehrängen verpasst haben. Aber ich habe mir geschworen: Nächste Saison ist Schluss mit dem Selbstbetrug. Ich bin nicht länger bereit, mir selbst etwas vorzumachen, nur um dem Bild eines »echten« Fans zu entsprechen. Ich bin so weit: Werde ich halt ein Spießer. Wenn das heißt, dass ich nur das tue, was ich möchte, statt darauf zu achten, was *man* von mir denkt, kann ich es kaum erwarten.

Gut. Ich mag neuerdings Gartenarbeit und will im Stadion sitzen. Ist das alles? Bei Weitem nicht. Indizien, dass mein fortgeschrittenes Alter in Verhaltensweisen mündet, die ich früher vollkommen unmöglich gefunden hätte, gibt es in allen Lebensbereichen. Die Sache mit dem Pyjama etwa. Früher hätte schon das Wort Pickel hervorgerufen, da wurde nackt geschlafen, höchstens mal eine Boxershorts anbehalten, wenn es unbedingt sein musste. Warum eigentlich? Schwer zu beantworten. Am Komfort kann es nicht gelegen haben: Es fühlt sich nicht gut an, nackt im Bett zu liegen, außer, man ist nicht allein und es gibt einen Grund dazu. Ungesund soll es auch sein. Angeblich unterkühlt man in der ersten Schlafphase schnell. Wusste ich. Trotzdem kam nichts anderes in Frage, weil ich irgendwann gelernt hatte, dass nackt schlafen angemessen rebellisch sein soll für junge unangepasste Männer. Inzwischen lege ich keinen Wert mehr darauf, ein unangepasster Rebell zu sein, ich will lieber gut schlafen. Also finde ich so einen Schlafanzug, der aussieht wie die Schuluniform von Internatszöglingen und sich anfühlt wie ein auf den Leib geschneidertes Kuscheltier, inzwischen ganz wunderbar, auch wenn er albern aussieht. (Aber so viel Betrieb ist in meinem Schlafzimmer nicht mehr, dass es irgendwen kümmern würde – und meine Frau, nun: Dessous würde ich die Baumwollgewänder auch nicht gerade nennen, die sie mir zumutet …)

Ich kann mir 2013 sogar vorstellen, einen Opel zu fahren, wenn auch nur unter besonders unwahrscheinlichen Voraussetzungen – man müsste ihn mir schenken. Auch das wäre in jungen Jahren ein Verstoß gegen alle Werte gewesen, mit denen ich aufwuchs: *Jeder Popel fährt nen Opel* – Sie erinnern sich.

Oder nehmen wir Haustiere. Zu nichts gut, fressen einem die Haare vom Kopf, müssen ständig umsorgt werden, hindern einen, lange Fernreisen zu machen, zwingen andererseits dazu, jeden verdammten Tag Spaziergänge zu machen oder unappetitliche Streuklosetts zu säubern. Wer braucht denn so was? Dachte ich früher. Inzwischen wohnen wir mit einem großen Hund und zwei Katern auf dem Land und ich bemitleide jeden, der ohne Tiere leben muss. Sie ersetzen Psychotherapie, Kamin & Comedy-Kanal und ich weiß jetzt, was mir die Iren mit diesem Sprichwort sagen wollten: »Ein Hund ist ein Herz auf vier Beinen.« Das finden Sie kitschig? Total spießig? Von mir aus. Kümmert mich nicht länger. Sie erinnern sich doch noch an diese Werbung der LBS: »Wenn ich groß bin, will ich auch Spießer werden.« Es ist so weit. Und das ist auch gut so.

ZUM ENDE HIN …

**Alt werden ist keine Schande. Man sollte nur wissen,
wie man das am besten hinkriegt,
ohne den Spaß am Leben aufs Spiel zu setzen.**

Wer nicht mehr liebt und nicht mehr irrt,
der lasse sich begraben.
Johann Wolfgang von Goethe

Gegen das Alter ist kein Kraut gewachsen. Dieser Satz steht vermutlich in jedem zweiten Kalender der AOK oder in lustigen Brevieren für angehende Ärzte, er gehört zum allgemeinen Wissen und wird für gewöhnlich nicht angezweifelt. Wenn wir den Wissenschaftlern glauben dürfen, wird das auch noch längere Zeit so bleiben. Nirgendwo auf der Welt zeichnet sich ab, dass ein Forscher eine Formel gegen das Älterwerden (und den unvermeidlichen Tod am Ende dieses Prozesses) entdecken wird. Im südfranzösischen Arles schaffte es einmal eine stolze Dame namens Jeanne Calment, sich 122 Jahre dem Sensenmann zu widersetzen, sie gilt damit als Weltrekordlerin in der Disziplin des Geburtstagsfeierns. Am Ende ihres Lebens aber war sie stocktaub und nahezu blind, zudem an den Rollstuhl gefesselt, wenn auch geistig noch vollkommen auf der Höhe. Trotzdem: Alt zu werden scheint nicht für jeden Menschen erstrebenswert zu sein. Die österreichische Schauspielerin Sophie Rois zum Beispiel steht einem besonders langen Aufenthalt auf der Erde nicht unkritisch gegenüber, wie sie der ›Süddeutschen Zeitung‹ verriet: »Wir kommen immer mehr ins Zeitalter der Vampire, es geht nur noch darum, möglichst lange zu leben. Und das erinnert an Untote.«

Ich verstehe, was Frau Rois uns sagen möchte und bin im Prinzip ihrer Meinung: Was nutzt es einem schon, alt zu werden, wenn die Qualität und die Freude am Leben in der zweiten Halbzeit immer mehr nachlassen und der eigene Körper ab einem bestimmten Zeitpunkt nur noch gegen einen arbeitet? Ich bin da ganz bei denen, die bei der Angabe ihres Lebensmottos immer diesen einen Satz von Cicely Saunders ins Poesiealbum schreiben: »Es geht nicht darum, dem Leben mehr Tage zu geben, sondern den Tagen mehr Leben.« (Cicely Saunders übrigens war eine Sozialarbeiterin und Mitbegründerin der Hospizbewegung, ließ ihren Ansichten also durchaus Taten folgen.)

Sehen wir den Tatsachen ins Auge: Das Leben kennt in seinem Verlauf Ausdrucksformen, die offenbar nicht mehr ganz so fröhlich und »lebenswert« sind. Im Alter wird die Wahrscheinlichkeit von Jahr zu Jahr höher, dass die Begleiterscheinungen der verlebten Zeit immer weiter in den Vordergrund treten. Das nämlich ist trotz der in den letzten Jahrzehnten rasant angestiegenen Lebenserwartung noch niemandem gelungen: faltenlos alt zu werden und dabei so fit, fidel und beweglich zu bleiben wie ein Mensch mit, sagen wir: 25 Jahren. »Das Maximale, was man aus dem Leben herausholen kann«, hat ein Mediziner und Psychologe einmal geschrieben, »ist, gesund zu sterben.«

Das klingt nur im ersten Moment zynisch, wenn man darüber nachdenkt, macht dieser Satz durchaus Sinn. Er bedeutet: Sie haben es in der Hand. Wie Sie Ihr Leben führen, so wird es vermutlich auch zu Ende gehen. Und in einem gewissen Maße bestimmen Sie den Zeitpunkt selbst. Sind Sie ein draufgängerischer Rumpelpeter, der raucht, dem Alkohol zuspricht und sich zu wenig bewegt, der vor dem Kühlschrank nächtliche Attacken reitet, sich vom Stress in der Firma unter Druck setzen lässt und das Wort »Erholung« auf den Index geschrieben hat, der zu wenig schläft und zu schnell aus der Haut fährt? In diesem Fall dürfte die Wahrscheinlichkeit groß sein, dass Sie es nicht in den Club der Hunderter schaffen werden. Umgekehrt bedeutet ein gesundes, bewusst geführtes Leben aber noch keine Garantie dafür, dass Ihnen im fortgeschrittenen Alter der zweite Bürgermeister Ihrer Heimatstadt ein Blumenbukett überreicht und ein Foto im Lokalblatt erscheint: Genetische Dispositionen spielen nämlich dabei auch noch eine gewisse Rolle. Wenn die Medizinerin Marianne Koch (den älteren Fernsehzuschauern vermutlich noch aus dem Rate-Klimbim ›Was bin ich?‹ in der ARD bekannt) recht hat, hilft in dieser Hinsicht auch noch eine bestimmte Form der Intelligenz, wie sie in ihrem Buch ›Körperintelligenz. Was Sie wissen sollten, um jung zu bleiben‹ ausführlich beschrieb. Sie räumt ein, dass zwar gewisse genetische Veranlagungen für bestimmte Krankheiten existieren, diese seien aber nicht allein entscheidend für die Qualität und Dauer des Lebens. Man habe es immer noch selbst in der Hand, dieses Gen-Potenzial zu aktivieren oder eben nicht: »Durch intelligentes Verhalten lässt sich oft verhindern, dass eine genetische Veranlagung tatsächlich zur Krankheit führt.« Intelligentes Verhalten – damit ist in diesem Kontext nichts anderes gemeint, als viel Bewegung und maßvolles, bewusstes Essen!

Das waren jetzt eine Menge Informationen, doch unter dem Strich bleibt das Dilemma: *Gegen das Alter ist kein Kraut gewachsen.* Die Frage, die sich daraus ergibt, liegt auf der Hand. Jedenfalls die Frage, die sich MIR stellt. Sie lautet: Wie schaffe ich es, mit Anstand alt zu werden und meinen Körper in relativer Gefechtsbereitschaft zu konservieren, ohne mich dabei über Gebühr zu quälen, mit Diäten zum Beispiel oder einem exzessiven Trainingsprogramm auf der Tartanbahn? Oder, einfacher ausgedrückt: Wie schaffe ich eine Balance aus notwendiger Fürsorge und Verantwortung für meine materielle Hülle und einem lässigen Savoir-vivre, auf das ich keinesfalls verzichten möchte? Wie fülle ich meinen Tag mit möglichst viel Leben, ohne dem Leben allzu viele Tage wegzunehmen?

Na sicher, über ein paar Sachen sind wir uns einig: Niemand, der bei Verstand ist, dürfte heute noch ohne schlechtes Gewissen rauchen, selbst wenn er dabei so cool aussieht wie die Schauspieler in ›Mad Men‹, der formschönsten TV-Anleitung für ein Lotterleben, die man sich vorstellen kann. Was man seinem Körper durch die regelmäßige Zufuhr von

Nikotin, Teer und all den andern Giften, die sich in Zigaretten verstecken, alles zumutet, gehört inzwischen zum Unterrichtsinhalt von Viertklässlern. (Leider oftmals ohne den gewünschten pädagogischen Erfolg.) Auch der Genuss von Alkohol ist der Gesundheit nicht zuträglich, jedenfalls, wenn das in rauen Mengen geschieht. Schließlich: Fast Food ist böse, das wissen wir alle. Doch sowohl beim Alkohol wie auch beim gemeinen Double-Cheeseburger sind sich die Gelehrten durchaus uneinig: Wann hört der (gerade noch erlaubte) Genuss auf, wann setzt die indirekte Körperverletzung ein? Bier beispielsweise soll, in überschaubaren Mengen genossen, ein wahres Paradiesgebräu sein, das dem Herzinfarkt vorbeugt, den Stoffwechsel anregt und sogar Diabetes verhindert. Zudem hat ein Glas Bier deutlich weniger Kalorien als die gleiche Menge Apfelsaft. Dasselbe soll auch für Wein gelten, wie einige italienische Wissenschaftler herausgefunden haben wollen, als sie 34 Studien mit mehr als einer Million Teilnehmern auswerteten. (Die Botschaft hören wir gern ...) Sie behaupten: »Nicht nur das Herz profitiert von zwei Gläsern Wein oder Bier am Tag, die Sterberate ist unter mäßigen Alkoholkonsumenten insgesamt niedriger als unter Abstinenzlern und Vieltrinkern.«

Selbst Fast Food ist – in Maßen konsumiert und ohne Zeitdruck gegessen – keineswegs der Fettkoloss, vor dem immer gewarnt wird. Als gelegentliche Ergänzung zu gesunden Nahrungsmitteln muss kein Mensch Angst davor haben. Das sind allerdings die überschaubaren Probleme angesichts dessen, womit einen die lebens- und schönheitserhaltende Lifestyle-Industrie in Sachen Ernährung so ausdauernd plagt: Wer so vorbildlich leben will, wie es Fitnesstrainer, Ernährungsberater, Yoga-Yogis oder Schlafberater empfehlen, der braucht einen eigenen Coach, der das tägliche Essen, die Abfolgen sportlicher Aktivitäten und alle weiteren Zutaten für das perfekte Leben zusammenträgt. Alleine nämlich wäre man damit überfordert.

Mir persönlich reicht ja schon eine Diskussion über die Zusammensetzung, den Fettgehalt und die Kalorienmenge im Müsli, um dauerhaft von der Vorstellung Abstand zu nehmen, stets gesund zu essen. Dachte ich bislang doch, es reicht, morgens Müsli auf den Tisch zu stellen, um meinem Körper etwas Gutes zu tun. Mitnichten! Das Zeug, so belehrte mich der professionelle Klugscheißer von der Radiosendung meines Vertrauens, sei voller Kohlenhydrate und somit Zucker, egal, ob man das Müsli zusätzlich gesüßt habe. Eine Kalorienbombe sei es ohnehin, vergleichbar mit einer Pizza. Hallo? Und Müsli ist ja nur *ein* Beispiel, wenn es um gute Ernährung geht. Offenbar weiß keiner so genau, was das eigentlich ist, »gute Ernährung«. Für mich klingt es wie früher beim ›Internationalen Frühschoppen‹ mit Werner Höfer: »Wir begrüßen sieben Spezialisten aus fünf Ländern mit 14 unterschiedlichen Meinungen.«

Was da alles diskutiert wird: Kohlenhydrate ja oder nein, gute Fette, schlechte Fette, Vitamine, die man braucht, Vitamine, die der Körper bereitstellt, Vitamine, die man *nicht* braucht, Nährwerttabellen, Kalorienobergrenzen, freie Radikale, Früchte am Morgen ja, Früchte am Abend nein – oder war es umgekehrt oder bezieht es sich vielleicht auf Hülsenfrüchte und für die Zitrusfrüchte ist alles wieder ganz anders? Ein einziger, sich widersprechender, dauernd im Wandel befindlicher Wirrwarr. Will man es den Menschen verdenken, dass sie am Ende doch bei McDonalds landen, mit schlechtem Gewissen zwar, aber immerhin zufrieden und gesättigt. Warum sollen sie auch Gemüsebrühe trinken und Sauerampfer essen, wenn am Ende eh keiner mit Bestimmtheit weiß, was wirklich gut für den Körper ist. Okay, ich verdichte natürlich ein wenig: Fakt ist, dass gesunde Ernährung das Leben verbessert und verlängert. Nicht nur organisch. Interessanterweise auch psychisch. Eva-Maria Schnurr berichtete in der ›Zeit‹ von drei unabhängigen Studien zur Wechselwirkung von Ernährung und Stimmung der Probanden. Da wäre als Erstes eine australische Studie zu nennen, die 1046 Frauen 10 Jahre lang untersuchte, eine spanische Forschungsgruppe analysierte die Daten von 10 094 Männern und Frauen im Verlauf von vier Jahren, und ein britisch-französisches Team schließlich erforschte zwischen 1985 und 2004 in London die Essgewohnheiten von 3486 Büroangestellten.

Die Studien kamen zu einem ähnlichen Ergebnis: Menschen, die Gemüse, Früchte, Fisch und Vollkorn essen, also vollwertige und frische Kost, haben ein geringeres Risiko, an Depressionen zu erkranken. Wer hingegen viel verarbeitete Lebensmittel, Frittiertes, Weißmehlprodukte und Süßes zu sich nimmt, steigert sein Depressions-Risiko. Und alle »Gesundesser« blieben dünn. Was nicht ganz unerheblich sein dürfte, nicht nur aus Gründen der Eitelkeit: Die Gemeinsamkeit fast aller Menschen mit einer langen Lebensdauer war ihr schlanker Körper! Elisabeth Lange schreibt in ihrem Buch ›Älterwerden ist nichts für Feiglinge‹, warum ein Übermaß an Fettzellen im Bauchraum so schädlich ist: »Sie produzieren Hormone und andere Botenstoffe, die den Blutdruck nach oben jagen, Fettaugen im Blut schwimmen lassen und es bonbonsüß machen …« Es geht noch seitenlang weiter in diesem Ton, das möchten Sie vermutlich an dieser Stelle alles gar nicht so genau wissen. Hauptsache, Sie passen auf, was Sie essen. Und wie viel. Es gibt sogar Wissenschaftler wie den Biochemiker Bruce N. Ames, der indirekt behauptet, man solle nicht nur gesund, sondern vor allem wenig essen, das sei der wahre Schlüssel für ein langes Leben.

Wenn das allerdings der Preis für das Blumenbukett vom Bürgermeister ist, dann muss ich leider gestehen: ohne mich. Ich achte zwar darauf, nicht weiter südwärts zu wachsen und solange mein Körper mitspielt, so viel Sport wie möglich zu treiben – was heißt, dass ich hoffentlich auch mit 70 Jahren noch auf einem Fußballfeld herumstolpere. Dann lasse ich mich auch von meinen Freunden und Passanten am Spielfeldrand belächeln, da bin ich demütig – solange es mir Spaß macht, lebe ich mit dem öffentlichen Spott. Ich bin auch bereit, in Zukunft etwas mehr auf meine Garderobe zu achten, nicht länger in Bars und Diskotheken und an ähnlichen Orten herumzustromern, an denen ich nichts verloren habe. Ich werde sogar versuchen, kein alter Depp zu sein, der den jungen Mädchen weiter nachschaut. In der Küche aber, da werde ich keine Gefangenen machen: Wenn ich nicht einmal hin und wieder essen darf, was und wie viel mir Spaß macht, dann wüsste ich mit der gewonnenen Zeit hinten raus doch gar nichts Vernünftiges anzufangen. Mit sauertöpfischem Gesicht am Fenster zu sitzen und müde an einer Gurke zu lutschen ist jedenfalls nicht meine Vorstellung von einem erfüllten Lebensabend. So lang der auch dauern möge.